Andie Arndt
Im Schatten der Welle

Zu diesem Buch

Am 26. Dezember 2004 ereignete sich in Südostasien der verheerende Tsunami, der viele tausend Menschen das Leben kostete. In der westlichen Welt gedenkt man vor allem der Touristen, die in der Welle den Tod fanden. Doch wer erinnert an die einheimischen Opfer? „Im Schatten der Welle" soll diesen Menschen eine Stimme geben.

In der indonesischen Politik konzentriert sich die Klimadiskussion auf die Gefahren des Flächenverlusts durch den steigenden Meeresspiegel. Der Roman beleuchtet ökologische und wirtschaftliche Zusammenhänge, wonach die Trinkwasserknappheit für die Inseln das wesentlich dringendere Problem darstellt.

Über die Autorin

Andie Arndt studierte Medien-Pädagogik und Publizistik. Sie war Kommunikationsleiterin einer Berliner Umweltorganisation, baute in Sydney/Australien ein Start-up mit auf, arbeitete für eine deutsche Nichtregierungsorganisation (NGO) nach dem Tsunami und Erbeben in Indonesien und half in Nepal beim Wiederaufbau. Sie arbeitet als Bloggerin und freiberufliche Texterin, hat an der Anthologie „Tausend Tode Schreiben" (Frohmann Verlag) mitgewirkt und zahlreiche Artikel in Fachzeitschriften und Magazinen veröffentlicht. Ihre Erfahrungen in Indonesien verarbeitet Andie Arndt in ihrem ersten Roman „Im Schatten der Welle", angelehnt an wahre Begebenheiten. Sie lebt in Berlin und arbeitet an ihrem nächsten Roman.

Weitere Informationen unter www.andiearndt.com

Andie Arndt

Im Schatten der Welle

Roman

Impressum

Bibliografische Information der Deutschen
Nationalbibliothek:
Die Deutsche Nationalbibliothek verzeichnet diese
Publikation in der Deutschen Nationalbibliografie;
detaillierte bibliografische Daten sind im Internet über
http://dnb.dnb.de abrufbar.

© 2019 Arndt, Andie

Autorenfoto: Janien Ebert

Umschlaggestaltung: Verena Cremer

Herstellung und Verlag: BoD – Books on Demand,
Norderstedt

ISBN: 978-3-7504-1498-3

Für Christa, Berta und Tom.

Für immer in meinem Herzen!

Dieser Roman ist all jenen gewidmet,

die im Tsunami 2004 umkamen, den Verschwundenen und denen, die sie liebten. Schmerz geht, Liebe bleibt.

Was vor uns liegt und was hinter uns liegt,

sind Kleinigkeiten im Vergleich zu dem,

was in uns liegt.

Und wenn wir das, was in uns liegt,

nach außen in die Welt tragen,

geschehen Wunder.

Henry David Thoreau

EINS

1 Die Welle

Düstere Wolken türmten sich am Himmel. In grellem Kontrast leuchteten die roten, grünen und blauen Lichtkaskaden auf der Fassade des Friedrichstadtpalastes. Die letzten späten Besucher strömten dem Eingang zu, als eine heftige Böe Abendkleider bauschte, Jackets flattern ließ, Krägen umschlug, Frisuren verwirbelte. Ein fernes Krachen klang, als würden Konservendosen zerdrückt und ein Schwarm schmutziger Stadttauben erhob sich in den schwarzen Himmel. Da hörte sie das Rauschen, unerbittlich rollend, und es wurde lauter. In dem Moment begriff Herlina, dass nicht Wolken den Himmel verdunkelten, sondern eine schwarze Wand aus Wasser. In einer dumpfen Explosion zerbarsten die Lichter des Friedrichstadtpalastes zu einem glitzernden Regenbogen. Wie ein wütender Riese sprang die Welle in die Häuserschlucht und griff mit tausend Armen nach allem, was sie greifen konnte. Der kraftvolle Sog ließ die Fahrzeuge an der roten Ampel aneinander klirren wie Eiswürfel. Autos, Busse und Kleinlaster wurden von einem Strom aus dunklem Schlick erfasst. Der 147-Bus drehte sich quer zur Fahrbahn, blockierte die kakaobraune Flut und wurde dann wie ein riesiger gelber Legostein in die Höhe gehoben. Knirschend begrub er eine schwarze Limousine unter sich. Gurgelnd strudelte die Flut die Reinhardtstraße hinab in Richtung Spree, alles mit sich reißend. Die Schaufenster der Designerläden zersplitterten, ihre kostbaren Auslagen verwandelten sich in Treibgut. Menschen stolperten über Kinderwägen, Tretroller, Sonnenschirme, Reklametafeln und Klappstühle, rissen die weißen Tischdecken des Straßencafés in die braune Flut. Touristen klammerten sich an ihre Einkaufstüten, als wären sie Rettungsringe. Businessleute versauten sich ihre Anzüge, ihre Schwimmbewegungen wirkten unkoordiniert und sinnlos. Mit klackenden Krallen versuchte der niedliche Mops aus dem *Barbershop* von nebenan, seinen drallen Körper auf ein mit der Flut treibendes Schild zu wuchten, kroch umständlich auf die umgestürzte Menütafel des japanischen Restaurants, wo Herlina gerne zu Mittag aß. Große Fischschüssel: Lachs und Thunfisch, sechs Euro neunundneunzig. Hechelnd schob sich seine Zunge zwischen den hervorstehenden Zähnen seines Unterkiefers hervor und schleckte über die verblichene Abbildung des Sushi-Menüs. Mit seinen Vorderpfoten versuchte er verzweifelt, sich festzukrallen, verlor jedoch das Gleichgewicht, strampelte und spritzte mit den Hinterläufen, verhedderte sich mit seiner pinken Glitzerleine an einem Laternenmast, verlor dabei einige Swarovskisteinchen, verzog das faltige Gesicht zu einer traurigen Fratze und verschwand in der Flut.

Herlina fühlte sich gelähmt: Warum brach sie inmitten eines Tsunamis nicht in Panik aus? Ihr Herz setzte einen Schlag aus, als wartete es auf ein Zeichen. Sie blinzelte und blickte um sich, als sähe sie ihr Büro zum ersten Mal. Die weißen Billy Regale bargen ihre Recherche aus fast zwei Jahren. An den Wänden hingen die gerahmten Titel gelungener Ausgaben, daneben Fotos von Berliner Persönlichkeiten. Der Schreibtisch war ordentlich wie eh und je, abgesehen von ihrem Notizbuch und einigen Papieren neben der leeren

Teetasse. Ihre alte Betelnusspalme, die einzige Pflanze im Raum, stand ungerührt am Fensterbrett. Der euphorische Schein der Tageslichtlampe täuschte darüber hinweg, dass sie längst schon wieder Überstunden machte. Sie lauschte den Geräuschen vor ihrem Fenster. Wie heranrollende Brecher nahmen die Autos dort unten bei jeder Ampel Anlauf und schoben sich tosend durch die Straßenschlucht. Die grüne Welle trug sie sanft davon.

Herlina schüttelte den Kopf und widmete sich wieder ihrem Text. Der neunte Entwurf des Unternehmerportraits musste bis Feierabend sitzen.

„Frau Schönwald, heute habe ich ein wunderbares Thema für Sie" – mit diesen Worten war ihr Chef, Ted Bullrich, vor drei Tagen in ihr Büro gerauscht, wie immer gegen Mittag, obwohl seine Mitarbeiterinnen pünktlich um neun Uhr zu erscheinen hatten. Immerhin verschaffte er ihr dadurch einen kleinen Vorsprung, mit viel Kaffee und Zitrone wieder auf Spur zu kommen. Die Schachtel Kopfschmerztabletten in ihrer Schreibtischschublade würde sie bald nachfüllen müssen.

„Wir schreiben einen Artikel über einen erfolgreichen Unternehmer aus Indonesien. Das ist doch Ihr Thema, nicht wahr?", sagte er so beschwingt, als erfülle er ihr einen lang ersehnten Wunsch.

Indonesien. Sie spürte, wie sich ihr Herz zusammenzog. Verfluchte Heimat, betörender Zauber, unendliche Trauer. Sie wünschte sich so sehr an diesen verlorenen Ort.

„Schönes Kleid." Hatte er ihr ein Kompliment gemacht? An diesem Tag trug sie ein maßgeschneidertes Kleid aus indonesischem Batik mit einem traditionellen

Muster aus floralen und geometrischen Elementen in Blau und Gold auf schwarzem Grund.

Bullrichs rundes Gesicht mit den Hängebacken erinnerte an einen alten Mops. Herlina versuchte, aus seiner Miene herauszulesen, ob er ihr wieder eins auswischen wollte oder ob er sich tatsächlich für sie freute. Um einen neutralen Gesichtsausdruck bemüht, presste sie die Kiefer aufeinander. „Dann recherchieren Sie mal, wer da in Ihrer Heimat am erfolgreichsten ist. Den dürfen Sie dann interviewen und ein Portrait schreiben", schob er mit herablassendem Ton hinterher.

„Okay, Herr Bullrich, ich mache mich gleich an die Arbeit", antwortete sie betont freundlich und dachte sich: „Er hat schon wieder vergessen, dass ich längst keine Volontärin mehr bin. Noch drei Monate und achtzehn Tage, dann bin ich Ressortleiterin!"

Bald hatte sie in indonesischen Tageszeitungen einen erfolgreichen Geschäftsmann ausfindig gemacht. Er war Vorstand des neu gegründeten Unternehmens *Berair Industries*, das Indonesien mit frischem Wasser versorgen wollte.

Sie schrieb ihn an und bat um ein Interview für das deutsche Wirtschaftsmagazin ERFOLGE. Er sagte sofort zu. Herlina stellte die Routinefragen zusammen. Danach recherchierte sie noch ein bisschen weiter, fühlte dabei ein Prickeln über den Körper laufen wie zu ihren besten Zeiten bei *Green Spirit*.

Mehrere Artikel betrachteten den Tourismus in Indonesien kritisch. So untersuchte eine Studie die Ursachen und Auswirkungen der Wasserknappheit auf Bali, die bereits zu ernsthaften sozialen Konflikten und Umweltproblemen geführt hatte. Die gleichen Probleme gab es auf anderen Inseln, die vom Tourismus lebten.

Herlina drang tiefer in das Thema. Catherine, ihre Chefin bei *Green Spirit*, hatte es immer den Herlinablick genannt. Nun, dies war nur ein läppisches Unternehmerportrait, doch Herlina witterte eine Spur.

Sie hatte nie darüber nachgedacht, dass auf den indonesischen Inseln jegliches Management der Süßwasserressourcen fehlte. Anzahl und Standorte der Brunnen waren ebenso wenig reglementiert wie die Zeiten und Mengen der Wasserentnahme.

In der indonesischen Politik konzentrierte sich die Klimadiskussion auf die Gefahren des Flächenverlusts durch den steigenden Meeresspiegel, das leuchtete ihr ein. Die Wissenschaftler aber warnten, dass die Wasserknappheit für die Inseln das wesentlich dringendere Problem darstellte.

Die ganze Woche über beschäftigte sie sich mit dem Portrait und recherchierte mehr, als sie wollte. Das Klappern ihrer Tastatur war neben den am Fenster vorbeirauschenden Autos, Bussen und Lastwagen das einzige Geräusch in ihrem Büro. Als sie fertig war, fügte sie ihre Rechercheergebnisse dem Unternehmerportrait bei. Unwillkürlich musste sie lächeln. Sie lehnte sich zurück und verschränkte die Arme hinter dem Kopf. In all der Zeit, in der sie mit Ted Bullrich hatte zusammenarbeiten müssen, war ihr kaum je ein Lächeln über die Lippen gekommen.

Am Freitag platzte Bullrich in ihr Büro. Herlina stutzte: erst halb zehn. „Was soll denn dieses sozialkritische Geschreibsel über das sogenannte Wasserproblem? Ich hatte Ihnen doch aufgetragen, nur den Unternehmer zu interviewen", begann er ohne Umschweife.

Bullrich stolzierte im Büro auf und ab: „Am meisten ist die einfache Bevölkerung vom Wassermangel betroffen. Wie zu erwarten, führt dies immer wieder zu Konflikten", zitierte er aus ihrem Text und äffte dabei die Stimme eines Dokumentarfilmers nach. Er betrachtete sie von oben herab. „Sind Sie jetzt wieder auf Ihrem Ökofilm, oder was?"

Herlina presste die Innenseite der Oberschenkel zusammen und sagte kein Wort. „Die Sitzmuskeln zusammenziehen, Innenseite der Oberschenkel zusammenpressen, der Bauch küsst die Wirbelsäule und immer ein Lächeln in die linke und die rechte Schulter schicken", hörte sie innerlich die fröhliche Stimme ihrer Pilates-Trainerin. Wenn Bullrich wieder ansetzte, sie stundenlang über Gott und die Welt und Politik zu belehren, machte sie am Schreibtisch sitzend heimlich ihre Pilates-Übungen. Ohne diese beruhigende Muskelkontraktion und Entspannung würde sie regelmäßig durchdrehen.

Anfangs hatte Herlina Ted Bullrich als smarten Typ geschätzt. Er besaß ungeheuer viel Insiderwissen, war offensichtlich sehr intelligent, bestens vernetzt und trotz seines seltsam herablassenden Auftretens empfand sie die ersten Monate ihrer Zusammenarbeit als sehr inspirierend. Ihre Begeisterung wandelte sich jedoch mit jedem zähen Meeting und stundenlangen Verhandlungen um jedes Wort in tiefste Abneigung. Es hatte nicht lange gedauert bis sie erkannt hatte, dass er nur eine Version eines Artikels hören wollte: seine. So sehr sie seine Genauigkeit schätzte, seine unbeirrte Rechthaberei ließ jeden Widerspruchgeist abstumpfen.

„Ich weiß nicht, wie ich Sie nach Ihren magischen zwei Jahren befördern soll, Frau Schönwald", sagte er mit hochgezogenen Augenbrauen. Er schwenkte dabei den Kopf rhythmisch hin und her, wie Asiaten es tun, wenn sie ihre Zustimmung ausdrücken und verwirrte damit Herlina umso mehr. „Ich muss darüber noch mal mit unserem Verlagsleiter sprechen, wie er sich das vorgestellt hat."

Herlina schluckte. „Aber es ist doch relevant, warum die Inseln dringend frisches Wasser brauchen", ergriff sie das Wort.

Sie hatte schon aufgegeben, mit ihm ernsthaft zu diskutieren. Bisher hatte er noch jeden ihrer Texte mit seiner Wortklauberei verschandelt und wunderte sich dann, dass die Artikel nicht die gewünschte Reichweite erzielten.

„Nein, das ist es nicht!" Er schlug mit der flachen Hand auf den Tisch, sodass die Teetasse klirrte. „Wir sind ein Wirtschaftsmagazin und kein Umweltmagazin! Haben Sie das bei *Green Spirit* auch so gemacht? Kein Wunder, dass Sie da rausgeflogen sind. Bleiben Sie beim Thema, Mädchen!"

Er kritzelte auf das Papier. „Der ganze Absatz ist Schrott, weg damit", strich Bullrich mit einer weit ausholenden Geste die betreffende Stelle durch. Er warf den Entwurf auf ihren Schreibtisch und betrachtete sein Lieblingsbild, auf dem er mit dem Arbeitsminister Hände schüttelte.

„Aber die Wasserknappheit hat doch auch was mit dem Tourismus zu tun", warf sie ein.

„Ihre Wasserknappheit können Sie sich in die Haare schmieren", unterbrach er sie. „Das interessiert doch keinen!"

„Und ob das jemand interessiert", dachte sich Herlina

und sagte: „Gut, dann nehmen wir den Abschnitt einfach raus."

Sie schenkte ihm ein falsches Lächeln. Wieder eine Woche geschafft.

2 Ressourcen

Ryka öffnete die schwere Mahagonitür. Beim Eintreten schlug ihr der für die Tropen so typische modrige Geruch entgegen. Vermutlich vereinigten sich hinter den akkurat aufgereihten, dicken Jahrbüchern mit den goldenen Einbänden Schimmel und Feuchtigkeit zu einem grünlichen Flor. Der Ventilator in der Ecke verteilte den Schimmelgeruch.

Das Büro glich einem lichtdurchfluteten Saal. Die Sonne warf Streifen auf einen ausladenden Schreibtisch. Dahinter saß der Bupati, der Bürgermeister und Herrscher über die Region Sumatra in Westindonesien auf einem Ledersessel. Seine Körperfülle betonte die herausragende Stellung. Die Ring- und Mittelfinger beider Hände quetschten sich in goldene Ringe mit taubeneigroßen Klunkern. Aufwendig verzierte Mahagonimöbel mit geschnitzten Fabelwesen erinnerten mit ihren verspielten Linien an die traditionellen *Wayang-Kulit*-Schattenfiguren. Im Kontrast zur schwülen Hitze vor den Fenstern trug der *Bupati* eine weiße Uniform. Auf Rykas Arm stellten sich die Härchen auf.

„*Selamat Siang*, guten Tag, *Mbak* Ryka", grüßte der *Bupati* in jovialem Singsang und erhob sich.

„*Selamat Siang lagi*, ebenfalls guten Tag, *Pak Bupati*", erwiderte sie leicht vorgebeugt, mit der rechten Hand aufs Herz gefasst, respektvoll die Augen niederschlagend, den traditionellen Gruß. Er zog die Mundwinkel zu einem mechanischen Lächeln hoch. Seine Augen blieben starr. Beide setzten sich. „Was führt Sie zu mir, *Mbak* Ryka?"

„Ich hatte Ihnen Dokumente geschickt, die auf ein vielversprechendes Wasserreservoir auf der Insel Damai deuten. Ich würde gern mit der Dorfbevölkerung ein nachbarschaftliches Entwicklungsprojekt starten. Die Nichtregierungsorganisation, für die ich arbeite, *Siraman*, vertritt das Recht auf sauberes Wasser für alle Indonesier. Auf Damai sind zu wenige Brunnen vorhanden. Das möchte ich ändern."

Sie deutete auf ihre Unterlagen, die aufgeschlagen vor ihm lagen. Anscheinend hatte er sie sich tatsächlich angeschaut. Da er sie weiterhin interessiert musterte, fuhr sie fort.

„Nach meinen Untersuchungen gibt es in den markierten Gebieten noch unerschlossene Wasservorräte", sagte sie und zeigte auf die Karte vor ihm. „Sehen Sie, hier."

„Ja, das ist wirklich erstaunlich", ergriff er zum ersten Mal das Wort. Dabei starrte er auf die Karte, als würde er mehr zu sich sprechen. „Woher haben Sie denn diese Informationen, *Mbak* Ryka?". Sein stechender Blick bohrte sich in sie. Ryka rutschte auf ihrem Stuhl.

„Nun, ich kenne die Insel schon lange und habe aufgrund der Lage und Bodenbeschaffenheit vermutet, dass es dort Wasservorräte geben muss. Dann habe ich eine der traditionellen Methoden angewandt. Sie wissen schon, ein Loch graben, eine Nacht warten und am nächsten Tag ist es gefüllt mit Wasser." Sie lächelte und fügte hinzu: „Natürlich habe ich auch hydrologische Untersuchungen durchgeführt."

Der *Bupati* betrachtete sie mit seinen braun-gelb gesprenkelten Augen wie ein Adler, der seine Beute fixiert. Sie war die kleine graue Maus.

„Aber ich fordere nichts von Ihnen", schob sie schnell hinterher. „Ich möchte Sie davon überzeugen, dass es sich um eine lohnende Idee handelt. Wir als Nichtregierungsorganisation kümmern uns um die Geldgeber. Wir brauchen nur Ihre Erlaubnis. Die Bewohner und ich wären glücklich darüber, Sie als hochgeschätzten Bürgermeister hinter der Idee zu haben."

Sie versuchte ein Lächeln. „Ich wäre Ihnen sehr zu Dank verpflichtet", ergänzte sie und zwang sich, ihre zitternde Stimme zu beherrschen.

„Verehrte *Mbak* Ryka", erhob er sich, um das Gespräch zu beenden, und streckte ihr feierlich den rechten Arm entgegen, seine Hand seltsam vorgestreckt. Ryka griff beherzt zu, er ließ seine Finger jedoch schlaff hängen, als er seinen Satz beendete: „Ich werde sehen, was ich für Sie tun kann. Sie hören von mir."

Fischartig zuckte seine Hand zurück. Mit fahrigen Bewegungen sammelte sie ihre Dokumente ein und deutete die Verbeugung mit der rechten Hand auf dem Herzen an.

„*Selamat tinggal*, auf Wiedersehen, *Pak Bupati*", murmelte sie und hastete aus seinem Büro. Wie zufällig hatte sie einen handgroßen Umschlag auf dem Schreibtisch liegen lassen.

Ryka stand noch eine Weile draußen vor der Tür und überlegte, wie sie das Gespräch einordnen sollte. Sie wollte gerade weiter, da vernahm sie den Singsang des Bupati. Anscheinend hatte er gleich zum Hörer gegriffen.

„Mein Freund, ich habe eine junge Frau kennengelernt, die mir eine sehr interessante Idee vorstellte. Kommen Sie doch in mein Büro, Sie werden begeistert sein."

3 Der Tanz

Sie sah sich als kleines Mädchen an der Hand ihrer Mutter Bebe aus der Türe treten. Ihre kleine Hand schwitzte im festen Griff der Mutter. Der würzige Duft von Sandelholz aus unzähligen Räucherstäbchen schwebte in der Luft. Bebe leuchtete in ihrem goldbestickten roten Kleid in der Abendsonne. Es musste ein besonderer Anlass gewesen sein, denn um diese Zeit schickten ihre Eltern sie und ihren ein Jahr älteren Bruder Faomasi sonst früh ins Bett.

Herlinas Vater Ulf stand mit seiner jüngeren Schwester Gila und Faomasi bereits vor dem Haus auf Bali und schaute auf die Uhr. *Jam Karet* sangen die drei gleichzeitig und zogen dabei jede Silbe lang, als sie die beiden herauskommen sahen. Sie lachten alle über Bebes obligatorische Verspätung, die bei jeder Verabredung eingeplant wurde. Dann tauchten sie ein in die umtriebige Abendgesellschaft.

Sobald sich in den goldrot aufglühenden Tropennächten der erste Vollmond des Jahres zeigte, begann die Beschwörung der Geister. Herlina liebte es, wenn ihre Mutter die alten Mythen aufleben ließ. Barong, der gute Drache, erklärte sie ihr, kämpfte gegen das Böse in Gestalt der Hexe Rangda. Sie waren seit Jahrhunderten im Kampf miteinander. Bebe schaute Herlina bedeutungsvoll an und fuhr fort: „Jedem Sieg folgt eine Niederlage, jeder Niederlage folgt ein neuer Sieg. Ein Symbol für den ewigen Kreislauf der Natur."

Herlina verstand damals noch nicht, was die Mutter ihr sagen wollte, aber es gefiel ihr.

Von überallher strömten Menschen, Groß und Klein, Alt und Jung, aus allen Schichten und verschiedenen Kulturen, um das alljährliche Vollmondfest zu begehen. Ein wichtiger Bestandteil war der *Kecak*-Tanz, den Bebe so liebte und deswegen auch die Kinder länger aufbleiben durften.

Der *Kecak* wurde traditionell von einem Chor aus etwa einhundert Männern dargestellt, die im Kreis um ein Feuer kauerten. Während sie die Arme und Hände ruckartig in die Luft warfen, skandierten sie wie in Trance: „*Kecak, Kecak, Cak-a-Cak*" und wiederholten dies unzählige Male. Nach einer Weile schlossen sich die Zuschauer dem Chor an und sangen wie aus einem Munde die Zauberformel. Bebe warf sich lachend hin und her, imitierte den *Kecak*-Tanz. Mit ihrer Energie steckte sie alle an. Selbst der sonst so kühle Ulf konnte sich dem nicht entziehen und wirbelte mit der Familie im Vollmond. Wie Derwische steigerten sie sich in ein hypnotisches Fieber, umgeben von Fackeln und schwitzenden Menschen.

„*Kecak*", murmelte Herlina leise. Sie hob erschrocken den Kopf und bemerkte, dass Bullrich sie mit zusammengekniffenen Augen ansah. Er trommelte mit den Fingern auf Herlinas Schreibtisch. Die Handfläche und den Daumen abgestützt, ließ er in schneller Abfolge je zwei Mal den kleinen Finger bis zum Zeigefinger abrollen, klopfte dann zwei Mal hintereinander die vier Finger auf die Tischplatte und wiederholte den Rhythmus. Herlina konnte sich kaum darauf konzentrieren, dass er einen Textentwurf mit ihr besprechen wollte. Die Buchstaben verschwammen. Herlina blickte ihn mit leeren Augen an. Er konnte nicht ahnen, dass sie als Kind mit der gesamten Familie zu diesem Getrommel getanzt hatte.

„Naja, Frau Schönwald, legen Sie Ihren neuen Vorschlag dann in die Mappe. Aber kommen Sie mir nicht wieder mit Ihrem Weltretterfimmel!" Er stand auf, vollführte eine seltsame Drehung wie ein Derwisch und schwirrte ab. Das Parkett quietschte im *Kecak*-Takt.

Sobald sie wieder alleine war, schob sie den Entwurf zur Seite und zog einen Stapel Papier hervor. Sie blätterte in einem Report der Weltnaturschutzunion IUCN und las einen Artikel über die indonesische Wasserversorgung. Während sie etwas in ihr privates Notizbuch schrieb, fühlte sie wieder das bekannte Kribbeln im Bauch.

Herlina spitzte die Ohren. Über das vertraute Rauschen vor dem Fenster legte sich Bullrichs näselnde Stimme, der in seinem Büro plapperte. Plötzlich bekam sie heiße Ohren. Hatte er wieder was von Welt retten gesagt? Machte er sich über sie lustig, womöglich sogar gegenüber ihrem Verlagsleiter? So laut, wie er lachte, musste der andere seinen blöden Witz gut finden.

4 Wiedersehen

Ryka saß am Tresen der Shangri-La Bar. Die Menschen spiegelten sich in dem Glasregal hinter den bunten, nach Größen aufgereihten Spirituosenflaschen. Sie ließ sich von dem Ventilator kühle Luft ins Gesicht pusten und beobachtete, wie die Einheimischen und Touristen in Grüppchen zusammenstanden. In einer Mischung aus Indonesisch und Englisch versuchten sie über die laute Diskomusik hinweg eine Konversation. Sie schnappte einzelne Wortfetzen auf und verstand, dass die aufgemotzten indonesischen Frauen gern mit den weißen Männern, die sie hier *Bule*, also wörtlich Albino nennen, anbandeln wollten. Diese waren offensichtlich nicht abgeneigt. An der milchkaffeebraunen Haut einzelner Leute erkannte Ryka die *Bule Setengah*, die Halbindonesier mit weißem Elternteil.

Aus dem Augenwinkel beobachtete sie Indonesierinnen mit tsunamihohen Absätzen, in Miniröcken, Glitzertops und verschmiertem Lippenstift, wie sie mit den Männern, die in schickem Understatement offene weiße Hemden zu dunklen Stoffhosen trugen, heiße Blicke tauschten. „Die sehen doch alle gleich aus", schoss es ihr durch den Kopf. Sie nahm das graue Jackett ab und hängte es über den

Barhocker. Die weiße Bluse leuchtete wie ein Glühwürmchen im Abendlicht.

Ryka rümpfte die Nase, als sie bemerkte, wie die jungen Dinger bereits nach einem halben Longdrink ausgelassen kicherten. Untermalt und befeuert von House Music ging ein Wogen durch die ganze Bar. Verschwitzte Körper pressten sich aneinander. Rotlicht zeichnete die Gesichter weich. Von den Blitzen der Diskokugel getroffene Blicke schleuderten alkoholgeschwängerte Euphorie in die Nacht.

Ryka mischte sich trotz der Balz gern unter die internationalen Gäste. Nicht dass sie selbst so viel von der Welt gesehen hätte. Aber immerhin Kuala Lumpur und Bangkok, das war schon mehr als die meisten ihrer Landsfrauen hier je zu Gesicht bekommen würden. Bis in die USA oder Europa hatte sie es noch nicht geschafft, dafür kamen Menschen aus der ganzen Welt in die Shangri-La Bar. Und natürlich kannte sie sich hier in Jakarta, ihrer Heimatstadt, so gut aus wie kaum jemand der zugezogenen *Expats*.

Sie beherrschte die lokale Sprache *Bahasa Indonesia* ebenso wie Englisch und wenn sie wollte, könnte sie die Typen hier beeindrucken. Mit ihrem Master in Ökonomie war sie wohl die gebildetste Frau hier, überlegte sie, während sie sich umschaute. Sie zog die Augenbrauen hoch. Einen *Bule* abzubekommen war für die meisten Bräute hier das ultimative Ziel. Ein *Bule* versprach Wohlstand, Ansehen und Exotik. Diejenige, die einen abschleppen, vielleicht sogar heiraten und im besten Falle ein Kind von ihm bekommen konnte, hatte es geschafft.

Ryka aber war heute hier, um sich selbst ein bisschen zu feiern. Auch wenn das Gespräch mit dem *Bupati* nicht exakt so verlaufen war, wie sie es sich ausgemalt hatte, war es ihr doch gelungen, die Genehmigung für ihr Projekt zu erhalten.

Sie bestellte sich ihr Lieblingsgetränk, einen Singapur Sling. Dabei kam ihr die frühere Freundin Herlina in den Sinn, mit der sie den Drink erstmals ausprobiert hatte, als sie zusammen auf die *International High School* in Jakarta gegangen waren.

Während sie in ihrem Drink rührte, streifte ihr Blick die Tür. Da erschien ein Mann, der alle anderen im Raum überragte. Er trug ein indigoblaues Batikhemd mit halblangen Ärmeln und silbrig schimmernden, runden Ornamenten zu ausgewaschener Jeans. Seine Haut schimmerte wie ein frisch aufgeschäumter Latte Macchiato. Ryka kniff die Augen zusammen. Sie kannte ihn. Ihre Handflächen wurden feucht. Ryka stieß fast ihr Getränk um, als sie begriff, wer er war: Faomasi, Herlinas Bruder. Hektisch begann sie zu winken. Seine Miene hellte sich auf. Die Augen fest auf sie gerichtet, bahnte er sich seinen Weg durch die feiernde Menge.

„Ryka, du hier?", fragte er sichtlich überrascht, während er sie ganz selbstverständlich umarmte.

„Faomasi! Wie lange ist das her?", sprudelte es in ihrer Muttersprache aus ihr heraus.

Wie früher schmiegten sich dunkle Locken um sein immer noch jungenhaftes Gesicht. Er hatte Linien um die Augen, noch keine Fältchen, und darin nahm Ryka einen feinen melancholischen Zug wahr. Oder vielleicht bildete sie sich das in dem Licht nur ein. Wohl bemerkte sie, dass Faomasi keine achtzehn mehr war. Ryka forschte nach grauen Strähnen in seinem Haar, fand aber keine. Stattdessen bemerkte sie wieder die kleine, fast unsichtbare Narbe an seiner rechten Schläfe.

Möglichst unauffällig betrachtete sie seinen drahtigen Körper.

Damals war er in der Badminton-Mannschaft gewesen und natürlich Erster geworden. Faomasi war immer ein cooler Streber gewesen. Während ihrer gemeinsamen Schulzeit in der *International High School* in Jakarta war er der einzige Junge gewesen, der super Noten geschrieben hatte und trotzdem bei den angesagten Leuten beliebt war. Seine jüngere Schwester Herlina war von den pubertierenden Mitschülern geradezu angebetet worden. Die Mädchen hatten sich gegenseitig überboten, Herlina zu jeder Gelegenheit einzuladen. An ihrer Seite hatte Ryka zuweilen das Gefühl gehabt, auch zu den Auserwählten zu gehören. Einmal hätte Ryka mit Faomasi bei einer Party fast geknutscht, wenn Herlina nicht in die Szene geplatzt wäre. Es war schon so lange her, doch sie erinnerte sich gut daran.

Irgendwie passte sein Outfit nicht zu dem Bild, das sie sich anhand seiner spärlichen Facebook Aktivitäten von ihm gemacht hatte in den letzten Jahren. Darin hatte sie ihn als glatten Schlipsträger wahrgenommen. Sie lächelten einander an wie zwei streunende Katzen, die einen warmen Schoß gefunden haben.

„Was machst du denn in Jakarta? Ich dachte, du bist in *KL* beschäftigt?", ergriff Ryka das Wort und betonte *KL*, die Abkürzung für Kuala Lumpur, auf Englisch.

„Ja, stimmt, aber ich nehme gerade ein neues Projekt in Indonesien in Angriff, und du?", fragte er zurück.

Mit dem Singapur-Sling-Vorsprung ließ Ryka sich nicht lange bitten und plauderte los: „Ach, ich hatte heute einen guten Termin beim *Bupati* von Sumatra. Ich bin dabei, ein Hilfsprojekt auf einer Insel vor Sumatra umzusetzen. Da musste ich natürlich meine politischen Kontakte pflegen", log sie.

„Oho, du spielst jetzt auf der politischen Klaviatur?", fragte Faomasi.

„*Konek,* du weißt schon, das Zauberwort für den Aufstieg", lachte sie augenzwinkernd.

Ryka drehte sich mit einer betont eleganten Bewegung um und bestellte sich noch einen Singapur Sling. Dann zog sie die rechte Schulter zurück, neigte den Kopf zur Seite und hauchte: „Darf ich dich einladen?"

Er grinste: „Gern, ich nehme einen Gin Tonic."

Sie bestellte auf Englisch mit übertriebener Aussprache und gab extra viel Trinkgeld. Ryka genoss den Moment, mit ihrer wichtigen Mission zu glänzen.

„Weißt du, ich habe schon alles sorgfältig geprüft. Die Wasservorkommen sind auf jeden Fall noch unentdeckt und ich werde sie heben! Meine NGO *Siraman* wird damit richtig abheben. Wir werden hunderte Haushalte mit frischem Wasser versorgen und ich leite das Projekt. Der *Bupati* ist auch ganz aus dem Häuschen und wird uns natürlich unterstützen. Er hat mir meine Unterlagen förmlich aus der Hand gerissen!" Faomasi betrachtete Ryka aufmerksam wie ein *Dalang,* der Meister des Schattenspiels, der seine *Wayang-Kulit*-Puppen tanzen lässt.

„Wow, das klingt fantastisch. Welche Insel ist denn das? Bei unseren siebzehntausendfünfhundert Inseln ist das ja schon wichtig, wo du das Wasser aufgetan hast", sagte er mit einem Lächeln.

„Sicher. Es ist *Pulau* Damai, hast du schon mal von ihr gehört? Sie liegt südwestlich von Medan, nicht mal eine Flugstunde entfernt. Sie ist ein kleines Juwel. Und ich

werde mit meiner NGO dafür sorgen, dass es so bleibt!"
Überschwänglich kippte sie ihren Singapur Sling
hinunter. „Willst du auch noch einen?"

Sie konnte sich nicht erinnern, wann er ihr je so
aufmerksam zugehört hatte. In ihr stieg ein Hochgefühl
auf wie nach einem gewonnenen Wettkampf.

„Wir haben schon ein paar Projekte dieser Art
durchgeführt", fuhr sie fort, „hauptsächlich mit
Spendengeldern und natürlich nicht so groß wie das,
was ich jetzt vorhabe. Ich plane mindestens einhundert
Brunnen."

Sie legte den Kopf in den Nacken, schüttelte ihr
glattes, langes Haar und legte die Beine übereinander.
Faomasi stellte weitere Fragen und Ryka gab
bereitwillig Auskunft. Sie plapperte ausführlich, wie sie
die Materiallieferungen organisierte, erwähnte den
kleinen Flughafen und den Hafen für größere
Lieferungen.

Um den kostbaren Moment der seltenen
Aufmerksamkeit zu verlängern, fragte Ryka nach
Herlina.

„Apa kapar Adik Herlina? Dimana?"

„Oh, es geht ihr gut. Sie lebt in Berlin und arbeitet als
Journalistin für ein deutsches Wirtschaftsmagazin. Sie
arbeitet schwer darauf hin, demnächst Ressortleiterin zu
werden", fügte er stolz hinzu.

„Und, hat sie Kinder?"

„Belum, noch nicht", antwortete er. „Ich glaube, sie
arbeitet daran", ergänzte er lachend. Herlina sei mit
einem seiner Freunde, Daniel, zusammen. Ein deutscher
Architekt aus Berlin, der viel gereist und ebenfalls in der
NGO-Szene tätig ist, erfuhr Ryka.

„Ich bin sogar aus Versehen dafür verantwortlich, dass sie sich kennengelernt haben", erzählte Faomasi, „wir haben vor Jahren eine Zeitlang unsere Wohnungen in Kuala Lumpur und Berlin getauscht. Daniel hat immer einen Schlüssel und latschte in meine Wohnung, weil er vergessen hatte, dass ich gar nicht da war. Erst hat er Herlina zu Tode erschreckt und dann haben sie sich schrecklich verliebt", lachte er.

„Das passt zu ihr", bemerkte Ryka, „dass der Traumprinz einfach so bei ihr vorbeikommt."

Ryka kam es durch Faomasis ausführliche Schilderung so vor, als wollte er die Frage vermeiden, ob er selbst liiert sei. Sie hatte keinen Ring an seiner Hand entdeckt, aber das verriet noch nichts. Heute Nacht in dieser Bar in Jakarta war sie jedenfalls zur rechten Zeit am richtigen Ort. Sie war die einzige Frau ohne Begleitung und mehr als bereit für Faomasi. Genüsslich nahm Ryka einen Schluck von ihrem Drink.

Er begann, etwas von seinem neuen Projekt zu erzählen, doch sie verstand nichts. Seine Worte flogen wie Schmetterlinge durch den Raum und an ihr vorbei. Sie wollte einen greifen, doch sie wurde abgelenkt. Sein sinnlich geformter Mund erinnerte an eine auf und ab hüpfende Kirsche, er zog Ryka magisch an. Sie beugte sich vor und sog begierig seinen süßlich-holzigen Duft ein. War das Patschuli? Rykas Herz klopfte schneller als der Discobeat.

Früher schon hatte sie davon geträumt, seine Muskeln zu erkunden, den kleinen, unter seinem Kragen fast versteckten Leberfleck neben seinem Adamsapfel zu liebkosen. Sie schloss für einen Moment die Augen. Sie hatte das Gefühl, dass er in sie hineinsehen konnte und wollte ihre Absicht vor ihm verbergen. Schnell fragte sie: „Und wie geht es deinen Eltern? Wo leben Bebe und Ulf jetzt?"

Faomasi zuckte ausweichend die Schultern, „oh, das ist eine lange Geschichte".

Sie strahlte ihn an. „Komm, wir tanzen!", befahl sie und sprang von ihrem Barhocker. Der DJ spielte ein eingängiges Lied mit treibenden Percussions und polterndem Bass.

„*I'm a Sinner, I like it that way*", sang Ryka. Sie tanzte mit weit ausholenden Bewegungen, drehte sich um ihre eigene Achse und warf die Arme hoch. „*Uh, woo-oo-hoo-hoo, Uh, woo-oo-hoo-hoo*", johlte sie und formte dabei die Lippen wie ein küssender Fisch.

Als sie sich mit dem nächsten überdrehten Hüftschwung wieder Faomasi zuwandte, machte er Anstalten zu gehen. „Hey, du kannst doch jetzt nicht abhauen!"

Er fasste sie besänftigend an die Schulter und trat einen Schritt auf sie zu. „Ich muss leider los. Ich habe morgen einen wichtigen Termin. Hat mich wirklich gefreut, dich wiederzusehen!" Er gab ihr einen flüchtigen Kuss auf die Wange und verschwand in der wogenden Menge.

Ryka hielt sich die rechte Seite, wo sein Kuss noch nachwirkte und drehte sich abrupt um. „Noch einen Singapur Sling!", fauchte sie den Barmann an, als könne er ihr Faomasi zurückbringen. Sie versuchte, ihre Hände möglichst ruhig auf den Tresen zu legen und dabei unbeeindruckt zu schauen. Sie schluckte den aufsteigenden Groll hinunter. Immerhin war es das erste Mal gewesen, dass Faomasi sie so bewundernd aus seinen samtigen, goldbraunen Augen betrachtet hatte. Er wird es bereuen, mich heute Nacht stehengelassen zu haben. Sie nahm einen großen Schluck und knöpfte die Bluse weiter auf. Neben ihr tanzte ein blonder Typ und lächelte sie auffordernd an. Na also, geht doch, dachte sie, während sie gemeinsam in einen ekstatischen Tanz fielen.

5 Heimat

Herlina schleppte die letzte Umzugskiste hoch, als Bebe aus der Küche kam und ihr ein *Limesoda* reichte. Herlina stellte die Kiste ab und wischte sich den Schweiß von der Stirn. Sie drückte das kalte Glas kurz an die Schläfen, dann trank sie es in einem Zug aus. Beide setzten sich auf das Sofa, das mitten in dem Umzugschaos stand.

„*Mom,* ich habe schon wieder geträumt, du seist gestorben", sagte Herlina.

„Ach Kind", antwortete Bebe und strich ihr die verschwitzten Locken aus dem Gesicht. Dann lachten sie beide und umarmten einander.

Das Lachen verwandelte sich in ein tiefes Schluchzen. Herlina wachte auf.

Vor dem Haus polterte die Müllabfuhr, die Männer klapperten mit den Tonnen und riefen sich lautstark berlinernd ihre Kommandos zu. Herlina blieb in Embryostellung liegen und strich sich den verkrusteten Schlaf aus den Augen.

Von ihrem Platz an der Wand grinsten sie die beiden feingliedrigen, schwarz und gold verzierten *Wayang-*

Kulit-Lederpuppen an. Ein nachtschwarzer Schmetterling, ein Prachtexemplar von Papilio, prangte hinter Glas und schien mit seinen grün-gold-geäderten Flügeln sachte zu winken. Aus der roten Bettdecke erhob sich ein goldener Drache. Barong, der gute Geist, schwang sich empor und verschwand.

Herlina blinzelte. Sie war auf Daniels Seite erwacht. Wo war er überhaupt?

Da berührte ein feiner Kaffeeduft ihre Nase, sie stand auf. Noch verschlafen und ungelenk, riss sie die kleine geschnitzte Holzkatze zum tausendsten Mal vom Nachttisch.

„Scheiße", entfuhr es ihr. Der Katze fehlte bereits ein Ohr, aber immer wieder stellte Herlina sie auf ihren Platz neben dem Bett zurück. Die hatte sie damals in Jakarta von *Mom* bekommen, lange bevor diese verschwand.

„Die Katze ist noch da, *Mom* ist weg", seufzte sie und öffnete mit einem geübten Schwung die schweren Samtvorhänge, um sich den Tag anzuschauen. Obwohl der Himmel alles andere als strahlend war, kniff Herlina die Augen zusammen und wandte sich schnell ab. Der graue Himmel hämmerte tausend Stecknadeln in ihren Kopf. Sie brauchte dringend eine Schmerztablette, oder vielleicht gleich zwei. Der bewölkte Sommermorgen verlängerte die bedrückte Stimmung der letzten Nacht . Na, wenigstens regnete es nicht. Im Gegensatz zu den verzweifelten Tränen, die sie wieder mal vergossen hatte.

Herlina schnappte sich den Morgenmantel aus dem Nachlass ihrer Mutter und griff nach der Löwenspange auf ihrem Schreibtisch, um sich die langen, gelockten Haare hochzustecken. Auf dem Weg zur Küche sammelte sie die Rotweingläser ein. Mit ausgestrecktem Arm hob sie die Weinflasche vom Wohnzimmertisch hoch, um sich daran zu erinnern, ob sie die tatsächlich geleert hatte. Sie verdrehte die Augen als es ihr wieder einfiel. Jetzt büßte sie für das letzte Glas, das sie viel zu schnell in sich reingeschüttet hatte, wie die vorherigen auch. Sie hatte zu viel getrunken, zu viel geredet und zu viel getobt. Keine gute Kombination für eine Grundsatzdiskussion.

Herlina schlurfte in die Küche und stellte die Sachen ab. Sie tat so, als beachtete sie Daniel nicht, der in frischen Toast mit Himbeermarmelade biss. Wie immer trug er ein blaues Leinenhemd mit Jeans und hatte damit nie Probleme, das passende Outfit zu finden. Er wirkte ausgeschlafen und war anscheinend sogar frisch rasiert. An hellen Tagen bewunderte sie seine aufgeräumte Klarheit. Heute fühlte sie sich wie ein Matschfleck auf seinem Hemd.

„Na, haben wir uns wieder beruhigt?", nuschelte er mit vollem Mund. Herlina gab sich einen Ruck und ging zu ihm. Da er weiterhin seinen Toast mampfte, küsste sie ihn auf die Stirn.

„Hmm", brummte sie und griff nach der Pfanne, um sich *Nasi Goreng* zuzubereiten. Sie briet Reis an, fügte Zwiebeln, etwas Sojasauce und das restliche Gemüse vom Vorabend dazu, hackte eine Chili klein und freute sich bei dem aromatischen Duft schon auf ihr Lieblingsfrühstück. Das Radio dudelte *„Let the sun shine"*. Leise summte sie mit. Da bemerkte sie den Schwangerschaftstest, der noch immer auf dem Fensterbrett lag. Er war noch immer negativ und ihre Laune auch gleich wieder. Sie setzte sich zu Daniel an den Tisch. Niemand sprach ein Wort. Obwohl sie einander gegenübersaßen, befand sich jeder in seiner eigenen Zeitzone.

Herlina überlegte, ob sie ihn daran erinnern sollte, wie sie am Anfang ihrer Beziehung verschwörerisch gegrinst hatten, als sie entdeckt hatten, dass sie beide Halbwaisen waren und sich eine normale Familie wünschten. Dabei wollten sie das Muster durchbrechen, das sie beide beobachtet hatten: Auffallend viele ihrer Bekannten, die bei Hilfsorganisationen arbeiteten, hatten mindestens einen Elternteil verloren, oder waren Scheidungskinder. Lag darin der Antrieb, die Welt zu einem besseren Ort machen zu wollen? Herlina verdrängte den Gedanken.

„Du witterst also in dem neuen Projekt deine große Chance?", nahm sie das Gespräch von gestern Nacht auf.

„Ja, und die will ich auch unbedingt wahrnehmen", antwortete Daniel ohne sie anzusehen. Stattdessen rührte er in seinem Kaffee.

„Weißt du noch, unser Motto: Die Liebe ist das Kind der Freiheit?", fragte sie. Er schaute sie noch immer nicht an. Sie wollte ihn ziehen lassen und gleichzeitig festhalten. Ein Widerspruch, wie nur die Liebe ihn sich ausdenken kann. „Aber warum will Faomasi unbedingt ein Resort in Indonesien aufbauen?", fragte sie weiter. „Warum nicht in Malaysia, wo es viel mehr reiche Leute und Touristen gibt?"

„Da musst du ihn schon selbst fragen."

„Und warum will er unbedingt dich als Projektleiter? Ich freue mich ja darüber, dass er dir eine solche Chance bietet. Aber ... ich habe kein gutes Gefühl bei der Sache."

Sie schob ihren Teller weg.

„Mann, Herlina, jetzt fängst du schon wieder damit an. Wie oft haben wir diese Diskussion geführt? Immer und immer wieder landen wir bei der gleichen Frage: Wo sollen wir endgültig leben? Ich weiß es einfach noch nicht."

Er schaute auf die Uhr. „Jetzt ist nicht die Zeit dafür."

Herlina sprang wütend auf. „Wann dann?". Sie schaute ihn mit zusammengezogenen Augenbrauen an, als könne ihr Blick ihn bezwingen. „Für mich ist die Sache ganz klar. Berlin ist die einzig wahre Möglichkeit. Hier gibt es alles, was ich brauche. Sicherheit, Orientierung, Verlässlichkeit."

Daniel lachte auf. „Du sprichst wie meine Oma." Er schielte auf die Uhr.

„Mag sein. Nur dass deine Oma sich nicht ständig in neuen Ländern zurechtfinden musste. Ich will einfach nur Normalität, Daniel."

„Was heißt denn Normalität für dich?", fragte er sichtlich genervt.

„Meine deutschen Großeltern haben es mir vorgelebt. Sie führten ein geregeltes Leben", antwortete Herlina. „Nimm zum Beispiel die für Indonesier so typische Verspätung, *Jam Karet*. Die nervt mich genau so wie damals schon meinen Vater. Außerdem ist Berlin im Vergleich zu Jakarta doch geradezu dörflich. Hier ist die Luft rein, wir trinken frisches Wasser aus der Leitung, die Taxis fahren nach Taxometer."

Daniel verspeiste ungerührt seinen Toast.

„Weißt du, Daniel, ich erinnere mich genau an die ständigen Streitereien meiner Eltern. Heimlich habe ich sie belauscht, wenn sie miteinander zischelten. Egal wo wir lebten, in Indonesien, Kenia und Nepal, es war immer das gleiche Thema. Bebe sehnte sich nach ihrer

Heimat in Sumatra. Ulf wollte Karriere machen und Geld verdienen. Natürlich verdiente er gut bei seinen Auslandseinsätzen, doch zu welchem Preis?" Sie schaute ihn fragend an. Daniel wischte Krümel vom Tisch. „Ich will einfach nicht, dass es meinen Kindern auch einmal so ergeht. Alle paar Jahre von vorn anfangen müssen."

„Ach ja?", unterbrach er sie. „Mir hast du gesagt, du hättest es genossen, die neuen Klassenkameraden mit eurer Exotik zu beeindrucken."

„Am Anfang vielleicht, ja. Aber es dauerte doch immer eine Weile, bis wir eine gewisse Normalität erreicht hatten, um unserer selbst willen eingeladen wurden und nicht, weil irgendjemand mit uns angeben wollte." Sie spürte Tränen aufsteigen, wollte sie aber Daniel jetzt nicht zeigen. „Und kaum hatten wir uns irgendwo eingelebt, zogen wir schon wieder weiter."

Herlina hatte irgendwann das Muster durchschaut. Ihr Vater war der Rastlose in der Beziehung ihrer Eltern gewesen. In gewisser Weise hatte Bebes Verschwinden seine Rastlosigkeit übertrumpft. Ihr Verlust war trauriger Höhepunkt eines nicht enden wollenden Hin und Hers.

„Ich weiß, dass du noch immer unter dem Tod deiner Mutter leidest. Das tut mir wirklich sehr leid, Herlina", unterbrach Daniel ihre Gedanken. „Aber deine kindische Weigerung, jemals wieder nach Indonesien zu reisen, wird an meiner Entscheidung nichts ändern."

Er stand auf, stellte seinen Teller in die Geschirrspülmaschine und stürzte den restlichen Kaffee im Stehen hinunter. Dann ging er zur Garderobe, griff nach Tasche und Sonnenbrille. An der Tür drehte er sich noch einmal um.

„Vielleicht solltest du dir mal überlegen, was du eigentlich willst. Freiheit oder Sicherheit?", sagte er und zog die Tür zu.

6 Verlust

Herlinas Herz flatterte, als hätte sich ein Schmetterling darin verirrt. Ihre Hände zitterten. Sie nahm ihr Mobiltelefon zur Hand und piepste Tante Gila an.

„*Selamat Pagi, Tanteku, apa kabar*?", schrieb sie in einem Mischmasch aus deutsch und indonesisch, eine Art Geheimcode, den nur die beiden kannten. Nach ein paar Minuten kam Gilas Antwort: „*Hi Ponakanku, baik baik*. Bin in London. *Cium-cium* - Küsschen. GG", las sie.

„Ah, *Tanteku*, wie schön! Können wir vielleicht skypen?"

„Geht leider jetzt nicht. *Busy* mit B. SPÄTER!"

Herlina legte das Telefon weg und starrte einen Moment aus dem Fenster, wo die Berliner ihrem alltäglichen Leben nachgingen. Schließlich schlurfte sie ins Bad, um sich tagfertig zu machen. Obwohl sie heute frei hatte, legte sie ein leichtes Make-up auf, bändigte ihre wilden Locken und zog sich bequeme Klamotten an. Sie hoffte, Tante Gila würde schnell zurückrufen. Seit dem Verlust ihrer Mutter war ihr Gila wichtiger denn je. Brauchte sie doch eine mütterliche Freundin, auch wenn Tante Gila lieber die ausgeflippte große Schwester sein wollte. Natürlich war diese wieder *busy* mit B. B für Bruno, ihr weit jüngerer Ehemann, ein Fotograf. Das passte zu ihrer Tante.

Im Indonesischen bedeutet *gila* verrückt. Die Geschwister fanden das immer sehr zutreffend für Tante Gila. Herlina hatte lange gebraucht – sie war dreizehn oder vierzehn, vielleicht sogar schon fünfzehn –, um zu realisieren, dass Tante Gila auch zu den Erwachsenen gehörte. Bis dato hatte sie angenommen, dass Tante Gila ein Kind sei wie sie; vielleicht ein bisschen älter.

Gila und Bebe waren Schwägerinnen, aber vor allem Freundinnen gewesen. Für Gila waren sie es noch. Nun, da die treibende Kraft Bebe nicht mehr da war, gaben sich Herlina und Gila gegenseitig Halt, über Kontinente hinweg. Gila war viel unterwegs, so fand sich immer wieder Gelegenheit, in Berlin bei Herlina vorbeizuschauen. Sie gingen dann gemeinsam fein dinieren oder Herlina kochte *Rendang*, ihrer beider Lieblingsgericht, eine Art indonesisches Gulasch: Rindfleisch, stundenlang eingekocht in Kokosmilch und mit speziellen Gewürzen wie Chilis, Galangal, Zitronengras und Knoblauch. Ein irrer Aufwand, doch es lohnte sich. Das Rezept hatte ihr Bebe beigebracht.

Gila rauchte gern *Kretek*, die indonesischen Nelkenzigaretten. Sie hinterließen einen feinen Duft in Herlinas Wohnung, wenn Gila wieder abgereist war.

Herlina wollte jetzt am liebsten auch rauchen, besann sich dann aber und ging stattdessen in ihr Zimmer, um ihren Schreibtisch aufzuräumen. „Äußere Ordnung ist innere Ordnung", hatte ihre deutsche Großmutter immer gemahnt. Und weil in Herlinas Innerem so große Unordnung herrschte, wollte sie zumindest oberflächlich etwas dagegen tun.

Sie sortierte einen Stapel Papiere und wühlte in einer ihrer Schubladen, als eine witzige Erinnerung aufblitzte. Ein kleiner bekritzelter Zettel lugte hervor. Dieser war von Faomasi, als er das letzte Mal zu Besuch gewesen war. Sie hatten die ganze Nacht Rotwein getrunken. Beschwingt hatte Herlina ein ums andere Mal nachgeschenkt, bis es draußen allmählich hell wurde. Selbst da war sie noch fest davon überzeugt gewesen, am nächsten Morgen ins Büro zu gehen, nicht realisierend, dass dies bereits der nächste Morgen war. Herlina meldete sich krank und Faomasi schrieb ihr diesen kleinen Zettel.

„*Don't look back*" stand darauf. Auf die Rückseite hatte er einen durchgestrichenen Smiley gemalt.

Der Zettel war eine Anspielung auf den chaotischen Straßenverkehr in Indonesien. Ulf hatte ihnen immer eingeschärft, sich vor dem Losfahren des Verkehrs zu vergewissern. „Schulterblick" war eines der ersten deutschen Wörter, die sie kannten. Die Geschwister hatten so lange darüber gelacht, bis Faomasi mitten auf der Hauptstraße in Medan auf seinem Moped angefahren worden war. Seither war der Schulterblick ein geflügeltes Wort und eine kleine Narbe auf Faomasis Stirn erinnerte an Ulfs Mahnung.

Manchmal sah Herlina in ihrem Bruder die Mutter, manchmal den Vater, manchmal sich selbst.

Sie stöberte weiter und fand noch einen Zettel mit der Notiz „otto hofft", eine Zeile aus dem Mopsgedicht von Ernst Jandl, das ihnen Ulf zum Auswendiglernen für die Schulweihnachtsfeier gegeben hatte. Die Geschwister hatten sich selbstgebastelte Mopsmasken aufgesetzt und das Gedicht auf Deutsch rezitiert. Hinterher hatte die Direktion ihre Eltern einbestellt. Bebe hatte sich furchtbar geschämt und doch hatten sie zu Hause darüber gelacht.

Die Geschwister hatten spätestens mit dem Verlust ihrer Mutter ihre kindliche Unbeschwertheit verloren. Das Leben mit seinen Ängsten hatte sie eingeholt, soweit ihr Vorsprung im Wolkenkuckucksheim auch gewesen mag. Trotz der Streitereien ihrer Eltern war die Familie eine Einheit gewesen. Doch mit dem Verschwinden von Bebe wurden die Familienbande zu feinstem Staub zerrieben, der sich als dicke Schicht auf die Herzen der Überlebenden gelagert hatte.

Endlich piepste das Telefon. Gila: „Jetzt?"

Sofort öffnete Herlina das Programm Skype. „Gila! Endlich." Beinahe hätte sie losgeheult.

„Na, meine Liebe, was gibt es denn so Dringendes", fragte Gila. Und dann: „Moment, wie siehst du überhaupt aus?" Im Gegensatz zu ihrer stets sehr schicken Tante im schwarzen Hosenanzug trug Herlina heute geringelte Leggins zum ausgewaschenen hellblauen T-Shirt.

„Oh, du meinst mein Outfit? Ich habe heute frei."

„Na immerhin hast du dir die Haare gemacht. Da bist du deiner Mutter sehr ähnlich. Es gab wohl selten einen Tag in Bebe Schönwalds Leben, an dem sie nicht zurechtgemacht und bereit für die Welt da draußen gewesen wäre. Immerhin das hast du von deiner Mutter, auch wenn sich diese kaum jemals in solch einem seltsamen Aufzug gezeigt hätte." Sie lächelte aufmunternd. „Aber jetzt mal im Ernst. Ich meinte eigentlich deinen Gesichtsausdruck. Alles in Ordnung?"

Herlina nahm den Laptop und ging wieder in die Küche. Dort kramte sie in einer Schublade eine *Kretek* hervor. Sie berichtete von ihrem Streit mit Daniel. Gila hörte aufmerksam zu. „Aber eigentlich steckt doch was anderes dahinter, stimmt's?", fragte sie dann.

Herlina zog die Schulter hoch und seufzte. „Ich hatte heute Nacht wieder diesen Alptraum. Er lässt mich nicht los." Herlina zog an ihrer Nelkenzigarette. „Ich komme nicht damit klar, dass sie uns ihre Krankheit verschwiegen hat", sagte sie und beobachtete, wie die Glut die Zigarette auffraß.

Gila seufzte. „Sie wird wohl ihre Gründe gehabt haben."

Herlina spürte wieder das bekannte Kribbeln im Bauch. „Irgendetwas stimmt bei der Sache nicht", sagte sie dann.

Gilas Augen flackerten. Die Skype-Verbindung war schon wieder wackelig. „Wie meinst du das?", fragte sie. Es klang gehetzt, was wohl an der schlechten Internetverbindung lag.

„Wenn ich das gewusst hätte, wäre ich bei ihr gewesen an Weihnachten. Ich hätte sie da nicht allein sitzen lassen. Vielleicht hätte ich sie retten können."

Mach dir nicht so viele Gedanken, Herlina", bemühte sich Gila, „was auch immer geschehen ist, du hättest nichts daran ändern können."

7 Die Chance

Herlina schüttete Kokosmilch in den Wok. Langsam rührte sie die fein gehackten gebratenen Zwiebeln, Kokosflocken und Galangal zu einer braunen Masse.

„Sieht so lecker aus wie deine Haut", pflegte Daniel sie immer zu necken.

Während die Kokosmilch köchelte, breitete sich ein Duft von Geborgenheit in ihrem Herzen und in der lichtdurchfluteten Küche aus. Herlina hielt kurz inne. Hatte sie den Ingwer vergessen? Sie schüttelte den Kopf und wischte einen Spritzer Kokosmilch von ihrem Arm. Dann fuhr sie fort, mit gleichmäßigen Bewegungen im Wok zu rühren.

Mit der linken Hand steckte sie sich eine ihrer widerspenstigen braunen Locken fest, die aus ihrem zum Kranz hochgesteckten Haarturm hervorlugte und sie an der Stirn kitzelte. Die silberne Löwenspange, die ihr *Mom* damals in Kenia geschenkt hatte, war mit der Fülle ihrer dunklen Haarpracht fast überfordert. Sie blies sich in die Stirn und ließ die Gedanken schweifen.

Daniel wollte sich heute Abend mit ihr aussprechen. Das Ergebnis konnte sie sich eigentlich denken. Sie rührte etwas heftiger und spritzte dabei feine Tröpfchen auf ihre Kochschürze. Die geschnittenen Zwiebeln verströmten ihr beißendes Aroma. Eine Träne zitterte die Wange herab und vermischte sich mit den Schweißperlen, die von der Stirn tropften. Mit dem Handrücken wischte sie sich rasch über Stirn und Augenpartie und hinterließ dabei ein Pandabär-Muster. Sie schwitzte unter der Schürze in ihren Leggins. Unter den Armbeugen breiteten sich Schmetterlinge auf ihrem T-Shirt aus.

Man sah es ihrer schlanken Gestalt nicht an, doch immer, wenn sie Sorgen hatte, kochte sie ein aufwendiges indonesisches Gericht. Davon profitierte auch Daniel, der gelernt hatte, von den Gerichten auf ihren Gemütszustand zu schließen. Heute gab es wieder einmal *Rendang*, welches stundenlange Aufmerksamkeit erforderte. In zwanzig Minuten würde sie das grob gewürfelte Rindfleisch hinzugeben. Bis dahin musste die Kokosmilch einkochen.

Sie dachte an ihre Recherche. Wegen des Wassermangels kam es nicht nur zu Konflikten innerhalb der indonesischen Bevölkerung, sondern auch zwischen den Behörden, die für die Zuteilung des Wassers zuständig waren, und den Dörfern, welche an die Tourismusentwicklung glaubten. Nicht selten mischten auch korrupte Beamte mit, die privaten Firmen Konzessionen zur Abfüllung von Trinkwasser erteilten.

Ihre Gedanken wanderten zu Faomasi. Früher hatten die Geschwister zusammengehalten wie Pech und Schwefel. Herlina hatte sich immer darauf verlassen, einen Weg zu ihrem Bruder zu finden. Doch dann war ihre vertraute Welt aus den Fugen geraten. Hinweggeschwemmt von der Jahrhundertwelle, die tausende, abertausende, unzählige Opfer gefordert hatte. Sie hatte in Herlina eine immer noch klaffende, tiefe Wunde hinterlassen. An den Seiten kaum zusammengewachsen, brach sie beim geringsten Stoß wieder auf. Manchmal reichte schon ein Traum.

Wie lange würde der Schmerz je andauern? Wann würde sie die Lektion verstehen, die ihr das Leben gestellt hat, als der Tsunami ihre Mutter nahm? Herlina konnte sich nicht verzeihen, dass sie nicht bei ihr gewesen war. Vielleicht hätte sie es verhindern können? Wenn ich nur wüsste was damals geschehen ist, fragte sie ihren emsigen Kochlöffel. Doch der blieb stumm.

Kurz vor elf. Also fast fünf in *KL*. Sie hatte eine Idee: Faomasi sprechen. Sie schnappte ihr Telefon und schrieb ihn an: „Hi *Abang*, hast du Zeit für Skype?"

Faomasi antwortete, er wolle sowieso gerade eine kleine Kaffeepause einlegen. Als sie endlich die üblichen technischen Schwierigkeiten mit „Hallo hallo, hörst du mich?" hinter sich gebracht hatten, legte Faomasi los.

„Du weißt ja, dass ich hier als *Consultant* jede Menge Kohle verdient habe. Und weil ich was fürs Karma machen wollte, dachte ich an ein Eco-Resort in Indonesien. Und wer würde besser passen als dein Daniel, den juckt es doch längst wieder, rauszugehen ins Feld. Das wäre die perfekte Ergänzung unserer *Skills*. Wie damals – ich als Geldgeber, er als Architekt, nur eben nicht für eine NGO, sondern für ein richtiges Unternehmen. Mein Unternehmen, Faomasis Resort. Ist doch cool, oder?"

Den Namen fand Herlina langweilig, doch sie ließ ihn weiterreden. Er schmückte seine Erzählungen weiter aus: Wie er 50 Bungalows bauen lassen wollte, vom Feinsten, alles öko, und sogar schon begonnen hatte, Brunnen zu bauen, damit die Arbeiter frisches Wasser hätten. Wie alle davon profitieren würden. Und wie er auf der Insel friedliches Leben schaffen würde, ganz wie der Name Damai – indonesisch für Frieden – es versprach.

Herlina sah ihn nachdenklich an. Schon als Junge war ihr großer Bruder viel geschäftstüchtiger gewesen als sie. Während sie mit sich selbst als Kundin Reisebüro gespielt hatte, und sämtliche Städte und Länder die sie damals kannte, in ein Heftchen schrieb, half er im *Warung* der Nachbarn aus, einer Garküche am Straßenrand. Dabei verdiente er sich seine ersten

Rupiah, um sich davon einen Kassettenrekorder zu kaufen, den Herlina niemals anfassen durfte. Immerhin hörte er mit ihr gemeinsam die Kassetten mit der ZDF-Hitparade aus Deutschland, die er von Oma und Opa geschenkt bekommen hatte. Später kaufte er sich ein Surfbrett, brachte sich selbst das Surfen in Sorake Beach bei und war dadurch der Schwarm aller Mädchen, ihre Freundinnen eingeschlossen.

Ähnlich zielstrebig war Daniel, dessen Mutter ihn als Halbwaise allein durchbringen musste. Sie drängte ihn, zu studieren, und machte ihm die Hölle heiß, als er nach dem Abitur lieber eine Ausbildung zum Schreiner machen wollte. Er setzte sich durch, erkannte aber schnell, dass Handwerker bei Mädels nicht so gut ankamen wie Studenten und die Arbeitszeiten waren auch nicht gerade nach seinem Geschmack. Dennoch schloss er die Lehre mit Bestnoten und verkürzter Ausbildungszeit ab, nur um sich sofort an der Technischen Universität in Berlin einzuschreiben, um Architektur zu studieren. Er entdeckte seine soziale Ader und arbeitete für internationale Nicht-regierungsorganisationen in Hilfsprojekten vor allem in Asien, wo er schließlich Faomasi kennengelernt hatte. Inzwischen war er meist als Berater gefragt, was ihn alle paar Monate in ein anderes Land schickte. Herlina schien dabei auf der Strecke zu bleiben.

War sie eigentlich die einzige, die noch immer um die Mutter trauerte? Hatte sie sich damit selbst in ihrer Opferrolle gefügt, oder war sie wirklich so allein, wie sie sich fühlte?

„Kann es sein, dass du ein wenig einsam bist, kleine Schwester?", fragte er auf einmal.

„Wie kommst du darauf?"

„Ich kenne doch deinen Blick. Ich finde, du solltest gemeinsam mit Daniel hierherkommen, auf die Insel, und ein bisschen zur Ruhe kommen."

„Nach Indonesien? Du weißt doch ganz genau, warum ich nicht mehr dorthin will", fauchte sie. „Und schon gar nicht auf diese Insel! Wieso musst du ausgerechnet dort bauen?"

„Jetzt sei mal nicht kindisch, *Adik*. Wenn du so argumentierst, kannst du nirgendwo mehr hinreisen. Überall sind Menschen gestorben, sterben Menschen, werden Menschen sterben. Auch bei dir in deinem sicheren *Ger-ma-ny*", betonte er langgezogen.

„Mann!" Herlina knallte wütend den Deckel ihres Laptops zu. Nicht zum ersten Mal wurde ihre Konversation hitzig. Sie atmete tief durch, zählte *satu, dua, tiga* und wählte ihn erneut an.

„Hi." Faomasi lächelte gelassen. „Hör zu, ich habe jetzt leider keine Zeit mehr. Ich würde mich jedenfalls sehr freuen, euch beide hier zu haben."

Herlina klappte langsam den Computer zu. Unbeantwortete Fragen schwebten wie Schmetterlinge im Raum.

Am Abend saß sie mit Daniel am Küchentisch. „Die Sache scheint dich ja mächtig zu beschäftigen", sagte er schmatzend und deutete auf den vollen Wok.

„Ich hatte einfach Lust auf *Rendang*", antwortete Herlina gereizt.

„Und ich habe Lust auf Veränderung."

„Veränderung! Pah. Seit fünf Jahren erzählst du mir, dass du dich in endlich in Berlin niederlassen willst. Deine ständigen Auslandseinsätze habe ich stillschweigend hingenommen. Nie habe ich mich beklagt. Dabei wusstest du von Anfang an, dass ich keine Fernbeziehung will."

Er schnaubte. „Und du wusstest von Anfang an, dass ich kein spießiges Leben führen will."

Sie spießte ein großes Stück Fleisch auf ihre Gabel und betrachtete es eingehend. „So ein gutes Rindfleisch habe ich schon lange nicht mehr bekommen."

„Faomasi meinte am Telefon, in spätestens drei Monaten geht der Bau los", kommentiere Daniel.

„Frau Chen hat die Kokosflocken eigenhändig geschreddert und für mich zurückgelegt."

„Wenn ich mich jetzt an die Entwürfe mache, bin ich in vier Wochen fertig. Dann muss ich nur noch die Statik durchrechnen und ab geht's."

„Sie hatte sogar frisches Galangal da."

„Am liebsten würde ich jetzt schon losfliegen."

„Nächstes Mal probiere ich es aber wieder mit fertiger Kokosmilch."

„Du willst doch unbedingt ein Kind, wovon sollen wir es denn ernähren?", fragte Daniel plötzlich.

Mit Stirnrunzeln entgegnete Herlina: „Natürlich will ich ein Kind. Vor allem will ich eine richtige Familie! An einem Ort!" Ihre Stimme zitterte.

Daniel blieb unbeeindruckt. „Also ich habe große Lust, diese Chance wahrzunehmen!"

„Und ich habe jetzt einfach Lust auf *Rendang*."

8 Weihnachten

Schneeflocken tanzten vor dem Fenster des kleinen Cafés. Herlina und ihre Kollegin Julika saßen zum Mittagessen an dem Tisch nahe dem großen Heizkörper. Auf dem Tisch lagen Tannenzweige. Zusammen mit den Orangenschalen auf der Theke verströmten sie einen Duft, den Herlina nicht ausstehen konnte.

„Weihnachten mit der Familie ist doch das Schönste", sagte Julika mit einem Lächeln, das von selbstgebackenen Plätzchen zu träumen schien. Herlina zog den Rollkragen des schwarzen Kaschmirpullis von Tante Gila zu den Ohren hoch und verschränkte die Arme. Eine Schneeflocke verfing sich am Fenster und floss wie eine dicke Träne die Scheibe hinunter.

„Und wie feierst du dieses Jahr Weihnachten?", fragte Julika.

„Oh, Weihnachten." Herlina nahm die Tasse und prüfte, ob der dampfende Glühwein jetzt trinkbar war. Ich hasse Weihnachten, dachte sie und sagte: „Tja, Daniel ist ja nicht da."

„Dann wird er wohl mit deinem Bruder feiern, was?", erwiderte Julika lachend.

„Vermutlich werden sie auf der Insel gemeinsam ein warmes Bier trinken", sagte Herlina halb scherzhaft, wohl wissend, dass ihre Vermutung bei den häufigen Stromausfällen, die es in der Region gab, durchaus eintreten konnte.

„Und was ist mit deinem Vater?", wollte Julika wissen.

„Ach, mein Vater." Herlina zögerte. „Wir haben keinen Kontakt mehr, seit ... Bitte nimm es mir nicht übel, aber ich möchte nicht darüber reden. Es hat etwas mit meiner Mutter zu tun. Du weißt ja, dass sie im Tsunami umgekommen ist ..." Herlina verbrannte sich die Lippen an dem heißen Getränk.

„Übrigens", wechselte Julika schnell das Thema, „Bullrich wünscht sich ein Weihnachtslied oder Gedicht für die Redaktionsweihnachtsfeier."

Herlina spuckte den Schluck beinahe wieder aus. „Wie bitte?", brachte sie hervor. „Glaubt er wirklich, unser Team sei so etwas wie seine Familie? Ich fasse es nicht!"

Sie stellte die Tasse mit einem wütenden Schwung ab. Glühwein spritzte auf das weiße Tischtuch. „Und dann bringt er wieder seine Töchter mit und wir dürfen seiner Weihnachtsshow zusehen?"

Julika lächelte gelassen. „Komm schon, das tut doch nicht weh. Immerhin steht deine Beförderung kurz bevor. Noch einmal wird Bullrich dich bestimmt nicht hängen lassen. Die letzten Artikel liefen doch ganz gut."

Sie schaute Herlina aufmunternd an. „Bei mir hat es funktioniert. Ich habe ihn einfach in dem Glauben gelassen, dass ich ihn anhimmle. Meine Dreißig-Stunden-Woche ohne Gehaltsabzug hätte er mir wohl sonst nicht zugestanden."

Am Tag der Weihnachtsfeier summte Bullrich als begeistertes Chormitglied den ganzen Nachmittag Weihnachtslieder. Dann wandelte er von Büro zu Büro, verstellte die Stimme wie der Weihnachtsmann höchstpersönlich und überbrachte Herlina und den Kolleginnen die frohe Botschaft, dass man das Büro heute gemeinsam pünktlich um achtzehn Uhr verlassen werde, um zum Restaurant um die Ecke zu gehen. Sonst hatte er die Angewohnheit, fünf Minuten vor Feierabend noch einen Entwurf besprechen zu wollen. Herlina tränten die Augen, sie schnupfte in ihr Taschentuch und zerknüllte es zu einem Schneeball. Sie fühlte sich elend, doch sie musste unbedingt bis zur Feier durchhalten. Am Abend ergoss sich eine kleine Schneelawine aus ihrem Papierkorb.

Die Erkältung machte ihr mehr zu schaffen, als ihr lieb war, oder woher kam es, dass sie plötzlich Mitleid mit Bullrich empfand? Sie wusste, er war geschieden. Vielleicht musste er den Schmerz des Verlassenwerdens mit übertriebenem Dünkel kompensieren? Hatte er deshalb das Bedürfnis, der Welt seinen Harem zu präsentieren? Wie ein schlechter Witz genoss er es sichtlich, seine Damen, wie er die vier Mitarbeiterinnen gern nannte, auszuführen.

Umständlich suchte er den passenden Wein zum Abendessen aus. Obwohl er selbst offensichtlich keine Ahnung davon hatte, ließ er die junge Kellnerin vier Mal mit verschiedenen Rebsorten antanzen, nahm mit gespieltem Kennerblick einen Schluck, schüttelte den Kopf, als ob dieser nicht gut genug für ihn wäre und wählte schließlich mit peinlichem Wohlwollen den letzten und wertvollsten Tropfen. Herlina wand sich innerlich. Sie setzte ihre neutrale Miene auf, dann kostete sie den Rotwein. Immerhin, der Teuerste hatte Klasse. Samtig weich und angenehm fruchtig, passend zur deftigen Gans.

Herlina erinnerte sich an die Weihnachtsfeier bei ihren deutschen Großeltern. Bebe mit Weihnachtsmannmütze unter dem Christbaum. Bebe mochte das Spektakel mit Weihnachtsgans, Kloß und Rotkohl, dem lamettageschmückten Baum und bunt eingepackten Geschenken. Als Kind hatte Herlina Weihnachten geliebt. Überall hatten sie das heimische Weihnachtsritual zelebriert. Und obwohl Ulf davon nicht begeistert war und Herlina und Faomasi wieder das Mopsgedicht aufsagen ließ, um Bebe zu ärgern, genoss die Familie die Weihnachtszeit.

Damals. Familie. Herlina ließ sich ein weiteres Glas einschenken. Mit jedem Schluck mundete das Essen besser. Die knusprige Gans schmeckte fast wie bei Oma.

Der Hauptgang wurde gerade abgetragen, als Bullrich im Gleichklang mit seinen Töchtern ein Weihnachtslied anstimmte. Vor lauter Freude über das schöne Lied sangen sie noch eins. Und noch eins. Seine rosa glühenden Wangen kündeten von einigen Gläsern Rotwein. Er breitete die Arme aus wie Luciano Pavarotti und sang eine Spur zu hoch und zu laut. Herlina ballte unter dem Tisch die Hände zu Fäusten. Die umstehenden Kellnerinnen verdrehten heimlich die Augen. Kaum war der letzte schrille Ton von „Oh du Fröhliche" verklungen, stand Herlina auf.

Sie schob das Kinn vor, nahm eine aufrechte Haltung ein und begann wie in Trance ihr obligatorisches Weihnachtsgedicht aufzusagen. Als sie mit der letzten Zeile endete, otto: ogottogott, entstand eine Pause, die sich hinzog wie die stille Nacht.

„Oh Gott, oh Gott", murmelte Julika in die Stille. Herlina focht mit Bullrich einen stummen Kampf aus. Wer zuerst blinzelte, hatte verloren. Die Kolleginnen schauten mit angehaltenem Atem von Bullrich zu Herlina. Ein Schweißfilm bildete sich unter Herlinas Rollkragenpulli. Sie war sich nicht sicher, ob dieser vom

Fieber kam. Bullrich hatte sich nicht unter Kontrolle und gaffte mit offenem Mund zu ihr herüber. Über den Tisch hinweg roch sie seine Alkoholfahne.

„Also wenn das Ihre Vorstellung von einem Weihnachtsgedicht ist", sagte er schließlich mit hochgezogener Augenbraue, „möchte ich nicht wissen, aus welcher Familie sie stammen."

„Was wissen Sie schon von meiner Herkunft?", konterte Herlina. „Sie wollten ein Gedicht und Sie haben eines bekommen. Was wollen Sie mehr."

„Ha", schnaubte er. „Sie waren es doch, die von mir etwas wollte, oder wie darf ich Ihre Avancen um den Job als Ressortleiterin verstehen?"

Herlinas Herz klopfte bis zum Hals. „Sie wissen genau, dass der Verlagsleiter mir die Stelle nach zwei Jahren versprochen hatte." Ihre Stimme wurde schriller.

„Sicher. Allerdings war dieses in meinen Augen völlig unangebrachte Versprechen auch an Auflagen gebunden." Er grinste triumphierend: „Und die Ergebnisse waren ja nun mal nicht berauschend, nicht wahr, Mädchen?"

Herlinas Körper vibrierte. „Wenn Sie nicht jeden meiner Texte verschlimmbessert hätten, bis am Ende Ihre todlangweilige Version rauskam, hätten die Texte auch die Erwartungen erfüllt!"

Ein Rauschen wie von einer tödlichen Welle fuhr durch ihren Körper, dröhnte in ihren Ohren und ehe sie sich versah, brach sich all die aufgestaute Wut ihre Bahn. Ohne zu überlegen, knallte sie ihm an den Kopf, wie sie es hasste, wenn er sie in stundenlangen Monologen von der Arbeit abhielt, seine Doppelmoral bei der ungerechten Arbeitszeit und Bezahlung seiner Mitarbeiterinnen und nicht zu vergessen, wie unmöglich es wäre, dass er bei jeder Gelegenheit seine Töchter auf Verlagskosten fein ausführte.

Bullrich blies die Backen auf. „Tja, da kommen Sie mir wieder mit Ihrer Moralkeule. Dabei habe ich gehört, dass es bei Ihnen selbst nicht glänzend läuft. Kein Wunder, dass Ihr Freund lieber auf eine einsame Insel verschwindet."

„Wissen Sie was? Sie sind ein Arschloch!", platzte es aus ihr heraus. Sie nahm ihr Weinglas und schüttete es mit Schwung auf sein weißes Hemd. Einige Spritzer landeten in seinem Mopsgesicht. Sie schnappte ihre Tasche, stürmte zum Ausgang und knallte die Tür zu.

9 Im Spiegel

Schon zwanzig nach drei und noch immer keine Catherine in Sicht. *Jam Karet* ist nicht nur was für Indonesier, dachte Herlina. Da flitzte Catherine mit fliegenden Taschen ins Café. „'Tschuldigung, 'Tschuldigung, ich habe keinen Parkplatz gefunden", schmatzte sie ihr schnell ein Küsschen links und rechts auf die Wange.

„Kein Problem", beobachtete Herlina amüsiert, wie Catherine umständlich Laptoptasche und Stoffbeutel um den Stuhl herum drapierte, so dass sie an beide gleichzeitig herankam, sollte es wichtig werden. Sie leitete in der Zwischenzeit das *Nature Magazine* und war eine gefragte Frau. Nach kurzem Begrüßungsgeplänkel kam Herlina zur Sache: „Du hast nicht zufällig einen Job für mich, oder?"

Catherine zog die Stirn kraus. „Was, wieso, willst du jetzt doch nicht mehr Ressortleiterin werden? Das war doch immer dein Traum." Sie war gerade im Begriff gewesen, auf ihr Handy zu schauen, legte es aber unbeachtet zurück.

„Nun ja", Herlina spitzte unschlüssig die Lippen wie zum Kuss. „Fakt ist, dass ich es bei ERFOLGE nicht mehr werde, denn Bullrich hat mich gefeuert." Sie lehnte sich zurück und verschränkte die Arme vor der Brust.

„Nein", Catherine zog das Wort in die Länge. „Was ist passiert, hat er dich angemacht?"

„Er hat mich auf der Weihnachtsfeier mit seinem Familiengetue so angekotzt, dass ich ihn mit meiner Version von Weihnachtsgedicht ein bisschen aufmischen wollte."

Catherine prustete los: „Waas?", und führte dabei ihre Hand vor den Mund, wie um ihre Kinnlade festzuhalten.

Herlina berichtete von ihrem Ausbruch. „Daraufhin ist er gleich zum Verlagsleiter gerannt und hat ihn dazu gebracht, der Kündigung zuzustimmen. Jetzt ist es raus – und ich auch", fügte sie mit einem schiefen Grinsen hinzu. Catherine blinzelte hinter ihrer Hornbrille. „Du siehst nicht so aus, als würdest du dein Vergehen bereuen – oder bereust du's?"

„Naja, meine Karriere ist jetzt wohl dahin. Das Problem ist nur, dass ich ziemlich alleine dastehe, denn Daniel ist leider auch weg." Sie nahm einen Schluck ihres abgestandenen *Limesodas*.

„Wie weg? Mal wieder auf Auslandseinsatz?"
Catherine schob ihre Brille hoch.

„Ja, aber diesmal dauert die Mission länger. Er baut
für meinen Bruder ein Öko-Resort – und zwar in
Indonesien. Er hat es fertiggebracht, sein Egoding ohne
mich durchzuziehen und mich vor die Wahl gestellt."

Herlina zog die Schultern hoch und ließ sie wieder
fallen. „Entweder ich komme nach oder es ist aus. Ich
weiß nicht, was ich jetzt machen soll."

„Na, dann flieg doch hin und schreibe einen Artikel
über dieses famose Öko-Resort als Paradebeispiel für
guten Tourismus. Ich lasse dir einen Flug buchen, dafür
habe ich ein Budget. Dann kannst du ein bisschen was
verdienen und nebenbei deine Beziehung kitten, was
meinst du?"

„Nein, nein, auf keinen Fall. Danke für das Angebot,
aber ich kann nicht nach Indonesien."

„Aber warum denn nicht?"

Herlina bemerkte an der Ungeduld in Catherines
Stimme, dass sie sich dies wohl schon länger gefragt
haben musste. Herlina schlang ihre Arme um sich selbst.
Geduldig wartete Catherine, bis Herlina endlich die
richtigen Worte fand: „Ich mache mir Vorwürfe, weil ich
mich nicht von meiner Mutter verabschieden konnte.
Ich hatte keine Gelegenheit, meinen Frieden mit ihr zu
machen."

„Seid ihr im Streit auseinander gegangen?"

„Nein, aber ich konnte mich nicht verabschieden. Ich
kann es nicht erklären, aber ich habe das Gefühl, dass
ich meine Mutter schon vorher verloren habe, dass
unserer engen Bindung das Kraftfeld unserer Energie
abhandengekommen ist. Irgendwie hat sie sich mir
entzogen." Unwillkürlich zog Herlina die Schulter

zurück, als wolle sie einem Entgegenkommenden ausweichen.

„Zwischendurch hatte ich mir eingeredet, ich hätte alles im Griff. Aber seit dieser bescheuerten Idee mit dem Öko-Ressort auf dieser verfluchten Insel, möchte ich einfach nur auf die Stopp-Taste drücken, um den falschen Film aufzuhalten, indem ich mich befinde. Alle um mich herum scheinen sich arrangiert zu haben. Mit Daniel kann ich nicht darüber sprechen, ich glaube, er hält mich längst für hysterisch, und meiner Tante Gila muss ich damit auch nicht kommen, für sie ist meine Mutter heilig. Mein Bruder hat sich mit dem Tod unserer Mutter so schnell abgefunden, als hätte er eine alte Haut abgestreift, obwohl ich mir sicher bin, dass er auch gelitten hat. Manchmal frage ich mich, ob ich mir das alles einrede, um eine Entschuldigung dafür zu haben, dass ich nicht bei ihr war, als es passiert ist. Dass ich nichts hätte ändern können. Ich habe nie erfahren, wie genau sie umgekommen ist. Es fühlt sich an wie ein Schleier über meinem Leben."

Herlina hielt kurz inne und linste vorsichtig zu Catherine, wie um abzuwägen, ob sie das heikle Thema ansprechen sollte. Sie entschied sich dafür.

„Ich dachte, nachdem das mit uns bei *Green Spirit* gescheitert ist, dass ich von vorne anfangen muss, mich auf eine Karriere konzentrieren muss, um meinem Vater zu beweisen, dass aus mir doch noch etwas wird, obwohl wir keinen Kontakt mehr haben. Wie du weißt, habe ich den Kontakt abgebrochen, weil er meiner Meinung nach viel zu schnell seinen Frieden mit ihrem Tod gemacht hat. Als hätte Bebe ihm persönlich die Absolution erteilt, seine engste Mitarbeiterin zu heiraten. Wie konnte er sie so schnell vergessen?"

Herlina fixierte irgendeinen Punkt an der gegenüberliegenden Wand, als stünde dort ihr Vater. Dann schienen die Selbstzweifel wieder Oberhand zu gewinnen und gaben ihrem Gesicht einen entschlossenen Ausdruck.

„Und wie du siehst, hat das mit der Karriere auch nicht geklappt. Ich bin einfach gescheitert." Sie sah Catherine trotzig an. „Deshalb ist Indonesien seit dem Tod meiner Mutter für mich gestorben."

Catherines Augen tasteten Herlinas Gesicht ab, als wartete sie darauf, dass Herlina die Rolle des bockigen Kindes wieder ablegte.

„Okay, verstehe", sagte sie schließlich und gab sich geschäftlich: „Eine feste Stelle kann ich dir im Moment nicht anbieten. Der Artikel würde gut passen, aber wenn du nicht willst", ihr Blick wurde weich und sie sprach mit so viel Anteilnahme, als wolle sie Herlinas Bürde auf sich nehmen, „ich denke, du solltest dringend das Problem mit deiner Mutter in den Griff bekommen, meine Liebe."

Bei der Aussichtslosigkeit dieses Vorschlags schwankte Herlinas Herz wie eine verirrte Boje im Meer der Verzweiflung.

10 Die Entdeckung

Ihre Füße steckten in dicken Wollsocken und um die Ohren hatte sie sich einen Schal wie einen Turban gewickelt. Dennoch gelang es Herlina nicht, das eiskalte

Gefühl der Einsamkeit zu vertreiben, das sich in der Wohnung ausgebreitet hatte. Sie beobachtete zwei Tauben, die sich am Haus gegenüber in eine Ecke unter der Regenrinne drückten, um einander im Schneeregen Wärme zu geben. Dann stand sie auf, um die Heizung hochzudrehen, und dachte an Daniel, der jetzt bestimmt schwitzend auf der Baustelle stand. Seit Tagen hatte sie nichts mehr von ihm gehört.

So regelmäßig wie die grauen Wolken im Winter über Berlin legte sich ein unsichtbarer Schleier auf sie, jedes Mal, wenn Daniel weg war, um die Welt zu retten. Er hatte die Angewohnheit, sich so gut wie nie zu melden. Es war schon vorgekommen, dass sie drei Wochen keine Nachricht erhalten hatte. Schwer beschäftigt, der Mann.

Herlina stellte ihr Telefon ab, um das ohrenbetäubende Schweigen zu ersticken. Sie wollte unerreichbar sein und hoffte, es würde von unzähligen Anrufen Daniels piepsen, sobald sie es wieder einschaltete. Niemals würde sie zugeben, wie sehr sie manchmal unter seiner Abwesenheit litt.

Sie öffnete den Laptop und las verschiedene regionale Tageszeitungen und Expertenmeinungen zum Thema Wasserversorgung und Öko-Tourismus in Indonesien. Dann wühlte sie in ihren Unterlagen. Das Notizbuch lag irgendwo unter dem Meer an ausgedruckten Zeitungsberichten, Artikeln und Magazinen, das sich auf ihrem Schreibtisch ausbreitete. Die handschriftlichen Notizen halfen, ihre Gedanken zu sortieren.

Sie versuchte, etwas über die Besitzverhältnisse der Quellen auf einzelnen Inseln herauszubekommen und stöberte in indonesischen Suchmaschinen über Aktivitäten von Nichtregierungsorganisationen vor Ort.

Herlina riss den Mund auf vor Staunen, als sie ein Foto in der Zeitung entdeckte. „Das ist doch Ryka!", entfuhr es ihr. Tatsächlich, unter dem Foto stand der Name ihrer ehemaligen Schulfreundin: Ryka Samadikun. Herlina zog den Laptop näher heran.

Ryka betreute ein Community Project für die lokale Nichtregierungsorganisation *Siraman* auf der Insel Damai in Sumatra. Unter der Schirmherrschaft des örtlichen *Bupati* war es ihr gelungen, gemeinschaftlich mit den Inselbewohnern zehn Brunnen zu bauen und den Familien freien Zugang zu sauberem Trinkwasser zu ermöglichen, 90 weitere Brunnen sollten folgen. Für manche Dörfer war es die erste funktionierende Trinkwasserleitung seit dem Tsunami.

Elektrisiert stöberte Herlina weiter. Die *Jakarta Post* brachte einen großen Artikel über *Siraman*. Auf dem Foto war eine stolz in die Kamera lächelnde Ryka zu sehen, neben ihr ein fetter Typ, anscheinend der Bupati. Daneben noch ein paar Leute, vermutlich aus einem Dorf, das Ryka mit Wasser versorgte. Im Hintergrund standen Lastwagen, die laut Zeitungsartikel das frische Wasser zu den weiter entfernten Dörfern brachten, die noch keine eigenen Brunnen hatten. Ein Fahrer trug eine grüne *Basecap* und machte das *Victory* Zeichen, eine beliebte Geste in Indonesien.

In den Kommentaren behauptete jemand, Rykas Brunnenprojekt würde mehr Probleme schaffen als lösen und damit die Wasserknappheit noch verschlimmern. Ein anderer brachte die Frage auf, ob es nicht vielleicht dieses Öko-Hotel sei, das zu viel Wasser verbrauchte.

Herlinas Puls beschleunigte sich, die Härchen stellten sich an den Armen auf. War es Zufall, dass Ryka ihr

Projekt ausgerechnet auf Damai durchführte? Dort, wo Faomasi sein Öko-Resort baute? Eins aus 17.500? Bingo. In einem javanischen Märchen heißt es, im Meer gebe es genauso viele Inseln, wie Sterne am Himmel stehen. Wie viele Inseln es in Indonesien gibt, weiß niemand so genau, die offizielle Zahl liegt bei Siebzehntausendfünfhundert. Dabei gab es nur eine mit dem Namen Damai. Herlina fiel wieder ein, dass sie vor vielen Jahren mit Ryka über die Insel gesprochen hatte, weil sie den Namen Damai so romantisch fanden für ein magisches Eiland, wie Teenager es sich vorstellen. Für Herlina hatte die Insel jeglichen Zauber verloren, nachdem was dort geschehen war.

Herlina fummelte in ihren Locken und überlegte. Sie goss sich ein Glas Rotwein ein und sah auf ihrer Weltzeituhr nach, wie spät es jetzt auf Sumatra war. Elf Uhr abends. Einen Versuch war es wert. Sie sah sich auf Facebook um. Prompt entdeckte sie ein leuchtendes Partyfoto von Ryka, offenbar auf der Insel, wo sie im Projektgebiet mit den Einheimischen feierte. Indonesische Dorffeste waren zugleich immer Familienfeste, weil jeder irgendwie mit jedem verwandt war.

Sie dachte an ihre damalige Freundschaft. Ryka war immer schwierig gewesen. Sie konnte selten offen fröhlich sein. Zudem hatte Ryka oft gesagt, sie hätte sich von Herlina eingeschüchtert gefühlt. Das konnte Herlina nie so recht verstehen. Aber sie hatte schnell erkannt, dass Ryka tiefere Gefühle für Faomasi hegte. Es gab irritierende Szenen, wie zum Beispiel auf dieser Party, als Herlina ihren Bruder mit Ryka auf dem Sofa ertappt hatte. Aber das war ewig her. Die früheren Freundinnen hatten sich lange nicht mehr gesehen.

Herlina war versucht, auf Rykas Facebook Seite nach gemeinsamen Fotos zu suchen. Rykas Status leuchtete grün; sie war online.

Herlina startete den Chat: *„Selamat Malam, Kakak,* guten Abend, Schwester, Glückwünsche zum erfolgreichen Projekt. ☺"

Es dauerte nicht lange, da blinkte Rykas Antwort auf. *„Malam* Herlina *cantik! Apa kabar? Dimana?"*

„Baik. Ich bin in Berlin. Und du? *Damai?"*

„Woher ...? Können wir skypen?"

„Ok. *I'll call u.*"

Mit der vertrauten Skype-Melodie änderte sich die Stimmung in Herlinas Zimmer. Plötzlich nahm sie freiwillig wieder Kontakt zu Indonesien auf. Sie spürte förmlich die schwüle Hitze in ihrem Zimmer aufsteigen, hörte das beständige Hupen der Mopeds und vertraute Grillenzirpen.

Auf dem Desktop flimmerte ihr eine verschwitzte Ryka entgegen. Nach den üblichen indonesischen Standardfragen *„Dari mana? Kemana?"* – woher kommst du, wohin gehst du?, welche die Indonesier überall auf der Welt austauschten, begann Ryka das Gespräch. „Woher weißt du, dass ich hier bin?"

„Och, ich habe gerade an einer Geschichte gearbeitet, da habe ich ein wenig recherchiert und dich gefunden", gab sich Herlina gelassen. „Glückwunsch, das Projekt scheint ja sehr gut zu laufen."

„Danke. Das ist ja fast schon unheimlich, dass du mir im fernen Berlin hinterherspionierst", witzelte Ryka.

„Ich dachte einfach, ich melde mich mal, da ich dich so unvermutet im Netz gefunden habe. Du weißt schon, statt Postkartenschreiben."

Ryka zeigte ein einstudiertes Lächeln: „Ja, ich lebe hier auf Damai. Und es ist wirklich friedlich, vermutlich sogar friedlicher als je zuvor, jetzt, da so viele Leute mehr sauberes Trinkwasser aus ihrem eigenen Brunnen haben."

Sie redete so wie in dem Online Beitrag, den Herlina vorhin gelesen hatte. Sie war nicht offen, sie war auf Sendung. Herlina hörte sich durchaus beeindruckt die Erfolgsgeschichte an, wie die pfiffige Ryka den *Bupati* umgarnt hatte und ihr dieser völlig begeistert die Pläne schier aus den Händen gerissen hätte und wie gut und sauber, sie betonte es, sauber, also frei von *Korupsi*, die Abwicklung gelaufen sei.

„Sehr schön, Ryka, das freut mich wirklich, dass du ein solches Projekt gestartet hast."

„Warum kommst du denn nicht vorbei und recherchierst vor Ort für deine Geschichte?", lud Ryka sie mit einem generösen Unterton ein.

„Damai ist sicher eine Reise wert, aber ich komme eigentlich nicht mehr nach Indonesien", gestand Herlina.

„Warum denn das? Es ist doch auch deine Heimat. Versteckst du dich etwa in Berlin vor irgendetwas?", fragte Ryka mit herausforderndem Blick.

„Nein nein, es ist nur so, dass ... also, du weißt ja bestimmt, was mit meiner Mutter passiert ist."

„Bebe? Nein, warum, was ist denn ... oh, sie etwa auch?"

„Ja, um es kurz zu machen, sie auch. Ich möchte jetzt nicht darüber sprechen. War schön, dich wiedergesehen zu haben. Ich wünsche dir weiter viel Erfolg mit deinem Projekt. Vielleicht brauche ich ja mal einen O-Ton von dir, dann kann ich dein Projekt in meiner Recherche erwähnen."

Mit zitternden Händen klappte Herlina den Laptop zu. Ohne es zu ahnen, hatte Ryka Herlinas verletzlichsten Punkt getroffen. Es war wohl das erste Mal, dass Herlina Ryka beneidete. Sie hätte auch gern die Erfüllung genossen, die Ryka auf der Insel zuteil wurde, aber Herlinas ruheloses Herz wohl nie finden würde.

11 Die Entscheidung

Das schrille Klingeln ihres Festnetztelefons riss Herlina aus ihren Gedanken. Sie starrte auf das Gerät, das sonst kaum läutete. Langsam nahm sie den Hörer ab.

„Meine Güte, ich dachte schon, dir sei was passiert", rief Daniel. „Ich habe dich schon tausend Mal auf deinem Mobiltelefon angerufen!"

Herlinas Herz trommelte laut, es übertönte das Knacken in der Leitung. „Ich war beschäftigt und wollte mich nicht ablenken lassen."

„Also, was ist jetzt?"

„Wie, was jetzt?"

„Na, kommst du jetzt nach Damai? Es wird dir gefallen. Ich habe uns ein Haus gebaut", sagte er stolz.

Herlina zögerte. War sie verrückt geworden? Da wünschte sie sich die ganze Zeit eine Familie mit Daniel und er baute ihr ein Haus, aber sie konnte sich nicht freuen, weil es im falschen Land stand? Sie konnte jetzt nicht zeigen, wie sehr sie sich freute.

„Ich habe weiter recherchiert. In der *Jakarta Post* habe ich einen Artikel über die Brunnen auf der Insel gelesen." Herlina schämte sie sich für den kläglichen Unterton in ihrer Stimme, mit der sie die Aufregung zu überspielen versuchte. „Manche Stimmen behaupten, dass dort was nicht stimmt. Mit euren verdammten Brunnen beutet ihr die Wasservorräte aus. Und weißt du, was passiert? Der Wasserspiegel sinkt und das bisschen Wasser, welches übrig bleibt, wird ungenießbar und macht die Menschen krank."

Daniel schien ungerührt. „Das sind doch nur Gerüchte." Er gab seiner Stimme einen versöhnlichen Ton: „Ist es wegen deiner Mutter?"

„Ich kann nicht auf diese Insel reisen, wo sie umgekommen ist."

Ohne ein weiteres Wort legte er auf.

Unerbittlich wiederholte das metallisch schneppernde Besetztzeichen ihre Niederlage: tot...tot...tot.

Sie rutschte mit dem Rücken die Wand hinunter und kauerte sich auf den Boden. Mit beiden Armen umschlang sie ihre Knie. Sie hatte keine Kraft, die Flut aufzuhalten. Die Tränen kamen aus dem tiefen, dunklen Brunnen der Verzweiflung, dort, wo das Leid ihrer Seele saß, wo Angst, Verzweiflung und Trauer schlummerten, und rissen sie mit hinab.

Dort unten schluchzte sie, mutterseelenallein, und das Echo dröhnte laut in ihrem hohlen Körper, verfing sich in der leeren Stelle, wo einst ihr vollkommen glückliches Herz gewesen war. Sie weinte um ihr gebrochenes Herz, um ihr verpfuschtes Leben. Wie viel Schmerz konnte ein Mensch ertragen, dessen Herz von innen aufgefressen wurde?

Herlina schaute auf ihren Globus. „*Home is where your heart is*" hatte sie einmal über der verschmierten Zeichnung einer herzförmigen Weltkugel an einer Wand irgendwo auf ihren Reisen gelesen. Herlina hatte kein zu Hause mehr, keinen Ort, wo sie sich hinwenden könnte, kein Elternhaus, in das sie einkehren könnte. Alles, was sie hatte, war das hier. Doch was nützte ihr dieses kleine Reich, wenn Daniel nicht hier war, um mit ihr Familie zu spielen?

Wer war denn ihre Familie? Daniel? Weg. Ihr Vater? Herlina schnaubte. Nie würde sie ihm verzeihen, dass er nach dem Tod ihrer Mutter so schnell wieder geheiratet hatte. Gila und Faomasi? *Busy* wie immer. Und Bebe? Herlina wusste, sie würde immer wieder darüber nachgrübeln, was mit Bebe passiert war. Und niemals würde sie ihr schlechtes Gewissen beruhigen können, ob sie es nicht hätte verhindern können.

Sie fühlte das schneidende Schwert der Schuld tief in ihr, weil sie Bebe allein gelassen hatte. Ja gut, alles schien geregelt damals. Dennoch wäre es nie soweit gekommen, wenn Herlina nicht so egoistisch gewesen wäre.

Wie cool sie sich vorgekommen war, Weihnachten ohne ihre Familie zu verbringen, so erwachsen. Es war das erste Mal gewesen, dass sie nicht gemeinsam Weihnachten gefeiert hatten. Die Familienmitglieder waren alle mit eigenen Ideen beschäftigt gewesen.

Herlina ließ das nagende Gewissen nicht los bei dem Gedanken, wie froh sie gewesen war, als Bebe vorgeschlagen hatte, diesmal Weihnachten zu verschieben. Sie wollten sich eine Woche später an Neujahr treffen. Als aufstrebende Journalismus-Studentin hatte Herlina etwas mit einem Kommilitonen angefangen. Sie war sich so souverän vorgekommen, als sie vor ihren Freunden verkündete, sie würde sich dieses Jahr frei nehmen von ihrer Familie. Stattdessen hatte sie ihre erste Ohne-Eltern-Weihnachtsparty in Berlin gefeiert. Wie hätte sie ahnen können, dass sie niemals wieder mit ihrer Familie Weihnachten feiern würde?

Ihr Herz zog sich zusammen. Dieses Gefühl der Unvollkommenheit, weil ein Teil ihrer selbst fehlte, wollte nicht vergehen: das Entsetzen darüber, dass dieser wunderbare, einzigartige, unbedingt liebende Mensch, der ihr am nächsten stand, unwiederbringlich verloren war und durch nichts zu ersetzen.

Die kalte Gewissheit, dass sie niemals herausfinden würde, was wirklich geschehen war, stoppte Herlinas Tränen. Die Hilflosigkeit verwandelte sich in Wut. Sie wollte schreien. „Wann willst du denn endlich dein sogenanntes normales Leben beginnen?", rief sie sich selbst anklagend in den Raum.

Herlina rappelte sich hoch und klemmte sich wieder an den Schreibtisch. Dort konnte sie am besten nachdenken. Ein bisschen Rotwein half ihr dabei.

Was würde Gila fragen? War der Tod der Mutter nicht nur ein vorgeschobener Grund, sich nicht auf den Weg nach Indonesien zu machen? War Daniel es wert oder sollte sie hier in Berlin ein neues Leben anfangen, alle Brücken abreißen?

Würde sie damit nicht den Weg einschlagen, den ihre Eltern gegangen waren und beginnen, von Ort zu Ort zu tingeln? Herlina hatte sich geschworen, dies nicht zu tun.

Sie wollte nichts weiter als ein stinknormales Leben führen. In den nächtelangen Diskussionen mit Daniel hatte sie erkannt, dass sie ja ohnehin niemals ein normales Leben mit ihm führen könnte, schon allein deshalb, weil Daniel selbst dies nicht wollte. Aber war das wirklich so wichtig? War sie nur Sklavin ihrer Sehnsüchte?

Herlina goss sich noch etwas Wein nach. War es nicht auch ihre Pflicht, den Ungereimtheiten auf Damai auf den Grund zu gehen? Oder suchte sie gezielt nach einem heißen Thema, um Daniel zu beweisen, dass er falsch lag, und Faomasi, welch hervorragende Journalistin sie sein konnte? War da wirklich etwas faul und Herlina musste ihrem Ruf alle Ehre erweisen und dies vor Ort herausfinden, nicht zuletzt, um Catherine doch noch den gewünschten Artikel zu liefern? Schließlich hatte Daniel auch seinen Willen durchgesetzt und sah darin seine große Chance. Oder war es schlicht ihr verletzter Stolz und ihr krankes Herz und ihr journalistisches Interesse nur ein Vorwand? Immerhin hatten ihr tapferer Bruder und ihr egoistischer Freund ausgerechnet dort ein Projekt gestartet, wo es am meisten weh tat.

Und falls sich am Ende herausstellte, dass sie unrecht hätte, *so what?* Herlina trank ihr Glas mit einem Zug aus und wählte Catherines Nummer.

ZWEI

12 Kreuzverhör

„Ah, Bule Setengah, eh?", fragte der zerknitterte alte Mann neben ihr mit wissendem Blick auf ihre milchkaffeebraune Hautfarbe. Er versuchte umständlich, den Sicherheitsgurt unter seiner grauen Anzughose hervorzuziehen. Herlina hatte im Flieger soeben ihren Fensterplatz eingenommen und den Gurt zuschnalzen lassen. Manchmal schämte sie sich für die aufdringliche Neugierde ihrer indonesischen Landsleute, doch heute musste sie lächeln.

„Ja, halb *Bule* – mein Vater ist Deutscher, aber meine Mutter ist Indonesierin", antwortete sie auf Indonesisch. Es tat gut, die schnellen, harten Silben auszusprechen.

„Sie waren lange nicht zu Hause!", stellte er lakonisch fest und nickte dazu bestätigend. Offenbar hörte er an ihrer Aussprache, dass sie ihre Muttersprache lange nicht mehr gebraucht hatte, sie ihr fremd geworden war. Schließlich hatte er den Gurt hervorgeangelt und verschloss ihn nun mit einem zufriedenen Grinsen, als hätte er ein kniffliges Rätsel gelöst.

„Was haben Sie denn vor in Medan?", wollte er wissen, „Familie besuchen?"

Die Stewardess verteilte heiße feuchte Tücher, damit sich die Fluggäste vom Staub der bisherigen Reise befreien konnten. Herlina bestellte Tomatensaft und Wasser ohne Sprudel und zog sich ihr verwaschenes *Green Spirit*-Sweatshirt fester um die Hüften, als Schutz vor der eisigen Klimaanlage.

Ehe sie sich versah, befand sie sich in einem Kreuzverhör.

Der Alte namens Buala, wie er sich kurz vorstellte, erinnerte sie an ihren Großvater mütterlicherseits, den sie zwar nie kennengelernt, dafür aber vergilbte Fotos und viele Erzählungen über ihn in guter Erinnerung hatte. Er wirkte so vertrauenerweckend, wenn man davon absah, dass er sie ungeniert ausquetschte. Teils aus Respekt vor seinem Alter, teils aus Freude an seiner unbekümmerten indonesischen Art, zögerte sie nicht, seine bohrenden Fragen zu beantworten.

„Eigentlich wollte ich gar nicht nach Indonesien reisen. Meine Mutter stammt daher. Mit meiner Familie habe ich dort gelebt, bis mein Bruder und ich zwölf und zehn waren. Mein Vater, ein deutscher Bauingenieur, hatte eine Schwäche für Herausforderungen. Also arbeitete er als Entwicklungshelfer und leitete Aufbauprojekte. So lebten wir in Indonesien, Kenia, Nepal, bis meine Mutter schließlich durchsetzte, dass wir Kinder die *International High School* von Jakarta besuchten, damit wir einen guten Schulabschluss kriegen."

Während Herlina sprach, wunderte sie sich über die Offenheit, die sie diesem wildfremden Mann entgegenbrachte. „Was ich damals nicht wusste und meine Mutter auch vor den anderen geschickt verbarg: Sie war schwer krank und sehnte sich nach der Geborgenheit ihrer Heimat. Von der Krankheit erfuhren wir erst viel später, als meine Mutter bereits gestorben war."

„Sie war krank?", fragte Buala so besorgt, als erkundige er sich nach einer gemeinsamen Bekannten.

„Ja, sie hatte Krebs. Brustkrebs. Anscheinend wollte sie es uns sagen, aber dazu kam es nicht mehr." Herlina strich sich die Haare aus dem Gesicht und schaute weg.

„Und warum kommen Sie nun doch zurück?"

Auf die Frage wusste Herlina keine schnelle Antwort. Sie überlegte. „Mein Bruder und mein Partner machen jetzt gemeinsame Sache und bauen auf einer Insel ein Ökohotel."

Sie zögerte und wog ab, ob sie dem Alten so viel Persönliches verraten wollte, wischte dann aber ihre Bedenken beiseite, weil sie ohnehin schon so weit gegangen war: „Mein Freund hat mich unter Druck gesetzt – entweder ich komme nach, oder es ist aus. Ich habe mir vorgenommen, dass ich ihn überzeuge, mit mir zurück nach Berlin zu kommen und ein normales Leben zu führen. Er ist Architekt und arbeitete seit Jahren für verschiedene NGOs, also Nichtregierungs-organisationen, im Ausland. Aber ich will das nicht mehr."

„Sie haben sich also, wie Ihre Mutter, für ein Leben mit einem Rastlosen entschieden", fasste der Alte Herlinas Situation zusammen. Herlina legte die Stirn in Falten und nickte langsam.

Der Flieger machte einen heftigen Satz nach unten. Er vollführte kurze, hektische Kapriolen wie in einer Achterbahn. Drei Reihen hinter ihr kreischten Frauen mit Kopftuch, ein Baby begann zu greinen. Der Kapitän sah sich veranlasst, eine kurze Durchsage zur Beruhigung seiner Passagiere durchzugeben: „Es ist alles in Ordnung, bitte bleiben Sie auf Ihren Plätzen sitzen und behalten Sie den Sicherheitsgurt bis zur

Landung geschlossen! Wir landen in fünfundvierzig Minuten."

Herlina fühlte sich übel wie nach einem Erdbeben. Buala blickte sie aufmerksam an und forderte sie mit einem Kopfnicken auf, weiterzuerzählen.

„Meine Mutter hatte damals meine Tante Gila in Banda Aceh besucht, die dort als Beraterin für ein Friedensprojekt arbeitete. *Mom* war schwer krank und hoffte, sie könnte sich dort ein wenig erholen. Obwohl in Banda Aceh damals noch Bürgerkrieg herrschte und in der Stadt, wie Sie bestimmt wissen, die Scharia galt, lag diese doch auch in der Nähe der kleinen paradiesischen Insel Damai. Dort wollte sie ausspannen. Die Leichtigkeit, die sie dort gesucht hatte, wurde fortgespült."

„Und jetzt kommen Sie zurück", bemerkte ihr Sitznachbar trocken. „Es ist etwas passiert, nicht wahr?"

„Ja, es ist etwas passiert", bestätigte sie. Sie hatte sich selbst überwinden müssen, wieder in ihre Heimat zu reisen. Sie würde herausfinden, was da los war auf der Insel.

Das Zeichen zum Anschnallen erklang und katapultierte Herlina wieder zurück in die Realität. Mit klopfendem Herzen konzentrierte sie sich auf die Aussicht. Unter ihr breitete sich ihre alte Heimat aus wie ein verschmutzter Fächer aus bunten Bonbonpapieren. Obwohl sie bei Tageslicht ankamen, empfand sie die Sicht als grobkörnig wie im alten Schwarz-Weiß-Fernsehen. Der schlammig-braune Seehafen ging über in verrostete Wellblechdächer der Armensiedlung, dahinter die unregelmäßige Skyline mit neuen Hochhäusern, dazwischen Palmen. Ein Gewirr von unübersichtlichen Straßen, ein Knäuel unzähliger

Mopedfahrer und abertausender Fahrzeuge, darüber eine Wolke von Abgasen.

Ein Schauer überkam sie. Irgendwo zwischen vertrauten Szenen und neuen Hochhäusern erhob sich ihre indonesische Seele. Jetzt war sie wieder zu Hause. Heimat. Niemand würde sie auf ihre Herkunft anquatschen, denn hier war sie geboren und wenn sie auch ihre Muttersprache nicht mehr akzentfrei sprach, war sie jetzt einfach nur eine junge Frau auf dem Weg nach Hause. Sie würde sich in die Arme ihres großen Bruders werfen, so wie sie es immer getan hatte. Umstehende würden sie für ein Liebespaar halten. Das war ihr egal. Der Pilot hatte zur Landung angesetzt.

13 Geschwister

Das Flugzeug berührte kaum den Boden, da begannen die Passagiere, hektisch nach ihren Sachen zu kramen. Die Stewardess begrüßte die Ankömmlinge fröhlich: *„Welcome to Medan, Ladies and Gentlemen. It is fiftythree minutes past ten. Thank you for flying with me, eh, with Garuda Airlines."*

Der Flieger hatte seine Parkposition noch nicht erreicht, da sprangen die Passagiere schon von ihren Plätzen und öffneten die oberen Gepäckfächer. Halboffene Tüten und Taschen, zum Bersten gefüllte Handkoffer und zerknautschte Pakete flogen ihnen entgegen. Herlina beobachtete das Schauspiel gelassen.

Manche Dinge änderten sich nie. Während alle ungeduldig Richtung Ausgang drängten, wartete sie sie geduldig und überlegte, wie deutsch sie eigentlich war.

In Jakarta, unter ihren Freundinnen, war sie eine der ihren gewesen, doch immer auch ein bisschen fremd. In Berlin war sie multikulti, besonders wenn sie berlinerte. Sie fühlte sich in vielen Welten zu Hause, aber in Berlin sicher. *„Home is where your heart is"*, las sie in der Werbeanzeige eines Hotels auf der Rückseite des Boardmagazins. Herlina verzog das Gesicht. Sie hoffte, ihr Herz würde endlich ankommen.

Als eine der letzten verließ sie das Flugzeug. Der erste Schritt in die flirrende Backofenhitze fühlte sich an, als klatschten ihr die Tropen zur Begrüßung eine Ohrfeige ins Gesicht. Benommen stolperte sie die Flugzeugtreppe hinab. Auf ihrer Haut bildete sich ein klebriger Schweißfilm. Der unbarmherzige Dschungelschweiß würde Herlina Tag und Nacht begleiten. Die Äquatorsonne feuerte ihr eine Ladung konzentrierter UV-Strahlung in den Hypothalamus, schon war sie wie neugeboren. Ein bisschen zerknautscht vielleicht, aber trotzdem: zu Hause. Unerwartet normal alles.

Am Gepäckband sah sie den alten Mann an seinem Koffer zerren. Sie musste noch durch die Passkontrolle. Ihr deutscher Pass mit indonesischem Geburtsort sorgte manchmal für Verwirrung, manchmal für Schikane. Häufig hatte sie erlebt, dass ihr Koffer besonders gründlich durchsucht wurde, bis ihr Faomasi den Tipp mit dem gefalteten Hunderter im Pass gab.

Heute erwischte sie einen gutgelaunten Offizier, der offenbar schon genügend Bakschisch eingenommen hatte, denn er knallte fröhlich den Einreisestempel auf ihr Visum. „Willkommen zu Hause!", lächelte er und gab ihr mit einer feierlichen Geste den Pass zurück.

Ihr Koffer drehte bereits einsame Runden auf dem Förderband, um ihn herum verstreut lagen die Reste aufgeplatzter Tüten und Pakete. Nicht jeder Fluggast passierte die Zollkontrolle so schnell wie Herlina, weshalb die verirrten Gepäckstücke noch eine Weile weiter kreisen würden. Indonesier nutzten Flugzeuge so wie andere Züge. Man bezwang viele hundert Kilometer Entfernung und konnte einen halben Hausstand dabei transportieren. Halbaufgerissene Pakete, zusammengeschnürt aus sorgfältig aufbewahrten großen Pappschachteln, bedruckt mit den Logos der erstandenen Wohlstandsgüter, zeugten von Globalisierung und Fortschritt. Vollgestopft mit Dingen für das Leben in Übersee, wo immer dies stattfinden mochte. Für Herlina galt hier und heute: am Flughafen in Medan, müde um sich selbst kreisend, irgendwo ankommend.

Sie freute sich darüber, dass ihr Koffer wohlbehalten eingetroffen war. Es lag doch immer wieder ein kleiner Nervenkitzel in der Luft. Würde der Koffer seinen Bestimmungsort finden? Oder eine Nacht allein auf einem Flughafen seiner Wahl verbringen? Oder im Nirwana der schwarzen Socken und entlaufenen Katzen landen und niemals wieder auftauchen? Sie zeigte dem wichtigtuerischen Gepäckträger neben dem Förderband ihren Gepäckschein und ihr Flugticket, wedelte mit dem Einreisestempel und schnappte endlich den Koffer.

Herlina betrat die Ankunftshalle und hörte schon von draußen das wilde Geschrei der Taxifahrer, die aufdringlich um Kunden buhlten. Wer am lautesten rief, malte sich die größten Chancen aus. Herlina wählte immer den Taxifahrer, der sie am wenigsten bedrängte. Heute blieb ihr die Auswahl erspart, denn schon entdeckte sie Faomasi, der hinter der Absperrung lächelnd auf sie wartete. Ihr stiegen Tränen in die Augen. Viel zu lange hatten sie sich nicht gesehen.

Die Geschwister warfen sich einander in die Arme und hielten sich ganz fest. In diesem innigen Moment war sie wieder ganz bei sich, spürte, wie der Hauch einer glücklichen Familie ihr Herz berührte, und musste sich zusammenreißen, um nicht loszuheulen. Stattdessen schnatterte sie auf Indonesisch drauf los: „Mann, hier hat sich ja kaum etwas verändert."

Faomasi hielt sie an den Schultern und trat einen Schritt zurück, um sie eingehend zu betrachten. „Aber du hast dich verändert! Und ich muss sagen, du siehst besser aus als erwartet." Er lachte herzlich.

„Danke, nach der langen Reise nehme ich das Kompliment gern an." Herlina schaute sich suchend um. „Daniel holt mich nicht ab?"

„Du kennst ihn ja, der alte Perfektionist wollte unbedingt dabei sein, wenn die Fundamente für die Bungalows gegossen werden, damit die Arbeiter den Beton auch richtig anrühren. Da konnte er nicht weg."

Herlina fühlte einen Stich im Herzen. Sie hatte es so satt. Am liebsten wäre sie gleich wieder umgekehrt. Nicht einmal zur Begrüßung konnte er sich von seinem Job losreißen. Als hätte er Herlinas Unmut gespürt, sagte Faomasi: „Wenn wir erst einmal rüberfliegen zur Insel, wirst du sehen, was wir geschaffen haben. Es wird dir gefallen."

„Ich sag ja nicht, dass es dort nicht schön ist. Aber ist es nicht auch eine Bürde, dort zu leben?"

„Ach was, das darf man alles nicht so verbissen sehen. Wir sorgen immerhin für Fortschritt auf der Insel und geben den Arbeitern eine Perspektive. Ist das nicht ganz in deinem Sinne, so ganzheitlich und ökologisch betrachtet?" Wieder lächelte er so unbeschwert, dass sie keine Lust hatte, weiter mit ihm zu diskutieren. Jetzt fühlte sie sich nicht stark genug.

Herlina setzte ein Lächeln auf und folgte Faomasi, der schnellen Schrittes voranging. Kaum hatte sie das Flughafengebäude verlassen, schlug ihr wieder eine Hitzewelle entgegen, nun vermengt mit Gerüchen, die tief verborgene Erinnerungen in ihr wach riefen.

Die feuchte Hitze mischte sich mit einem Hauch von Durian, der beliebten Stinkfrucht, die mit ihrem verfault-süßlichen Geruch für Himmel oder Hölle stand. „Es stinkt wie die Hölle, aber schmeckt wie der Himmel", pflegten die Einheimischen zu sagen. Sie unterschieden zwischen zwei Typen von Menschen: Diejenigen, die Durian liebten und die anderen, die ihn hassten. Dazwischen gab es nichts. Herlina gehörte zur zweiten Gruppe. Sie dachte daran, als sie zum ersten und einzigen Mal Durian gekostet hatte.

Durian wird bei indonesischen Kindern quasi mit der Muttermilch aufgesogen, doch wegen ihres deutschen Vaters wurde diese Tradition gebrochen. Er zählte zu den Durian-Hassern und wollte weder seine Frau noch seine Kinder nach dem Verzehr von Durian küssen. Bebe musste sich nach dem Genuss immer den Mund waschen und die Kinder sollten frei wählen dürfen, wenn sie alt genug wären. Als Atheist machte er einen fast schon religiösen Akt daraus. Irgendwann waren sie alt genug und Herlina testete. Sie waren mit den Eltern und deren Freunden im Urlaub gewesen und Bebe hatte sich wieder eine Stinkfrucht gegönnt. Jetzt war Herlina soweit, sie wollte es wissen. Unter den erwartungsvollen Blicken der Erwachsenen, natürlich auch im Beisein Faomasis, dem sie schon immer beweisen wollte, wie verwegen sie war, schnappte sie sich ein Stück und schlang es gelassen hinunter. Es schmeckte wie eine Mischung aus verfaulten Zwiebeln und vergorenem Käse. Zu ihrer Überraschung war es gar nicht so übel, wie sie angenommen hatte. Sie gab sich ganz cool und ging Schwimmen. Kurz darauf stieß ihr bei jedem Wellengang ein Schwall Duriangeschmack hoch und sie schwor sich, nie wieder von der ekligen Stinkfrucht zu essen.

Herlina fühlte sich hypnotisiert. Verschiedene Bewusstseinsebenen vermischten sich zu einer seltsam vertrauten, sentimentalen und doch mitreißenden Stimmung. „Ich fühle mich zum Kotzen gut", so hatte sie es immer genannt. Faomasi würde es verstehen.

Sie sog einen bekannten Duft ein: Nasi Puti, weißer Reis. Es gibt weltweit mehr als hundertzwanzigtausend verschiedene Sorten von Reis, doch dieser spezielle Basmatiduft war ganz typisch für ihre indonesische Heimat. Medan, ihre Geburtsstadt. Sie hatten zehn glückliche Jahre hier verbracht. Herlina wurde überwältigt von der Wucht der Erinnerungen. Es war die Melodie Indonesiens, so wie sie es als Kind gekannt hatte. Sie spürte, dass auch Faomasi so fühlte. Obwohl so viele Jahre und Entfernungen zwischen ihnen gewesen waren, brauchte es jetzt nur diesen einen Moment, um die Nähe wiederzufinden.

Zwischen dem Wummern der laufenden Motoren, dem Rufen der Männer, dem Dröhnen der Flugzeuge und Lautsprecherdurchsagen spürte sie einen Track der

Berliner Band Moderat in sich aufsteigen: *A New Error* – war es ein Omen, dass ihr altes Lieblingslied so hieß? Der treibende Bass wummerte in ihr und es schien, als bewegte sich die wogende Menschenmasse vor ihr in diesem Rhythmus. Vergangenheit, Erinnerung, Jetzt. So viele intensive Eindrücke auf einmal. Sie wankte leicht.

Faomasi führte sie geschickt durch die anstürmende Menge aufdringlicher Taxifahrer und fliegender Händler zu seinem Auto. Er öffnete den Kofferraum und verstaute ihr Gepäck, öffnete galant die Beifahrertür und setzte sich ans Steuer. „Na, wie ist es, wieder zu Hause zu sein? Hast dich ja lange genug geziert", witzelte er und startete den Motor.

Er schlängelte den Wagen an in zweiter Reihe parkenden Schrottkisten vorbei, überholte die schier endlose Schlange roter Taxis und unzählige verbeulte Busse. Medan war gewachsen und größer, als sie es in Erinnerung hatte. Doch konnte die Erinnerung sie auch trügen, immerhin war sie damals ein Kind gewesen und die Welt war ihr ohnehin viel größer vorgekommen.

Sie tauchten ein in den chaotischen Verkehr. Autofahren in Medan glich einem Videospiel. Von allen Seiten, rechts und links, strömten knatternde Fahrzeuge ohne Seitenblick auf die Fahrbahn. Hupend vertrauten sie darauf, nicht angefahren zu werden. Auch auf ihrer Fahrbahn kamen Faomasi unzählige Mopedfahrer mit Kippe im Mund entgegen, die am Lenkrad Hühner befestigt hatten. Junge Mütter klemmten ihre Kleinkinder, kaum dass diese stehen konnten, zwischen die Beine, die dann mit ihren kleinen Händen nach dem Lenker griffen oder mit den Ärmchen vergnügt kreischend anderen Verkehrsteilnehmern zuwinkten.

Auf die Frage, ob es in Indonesien eigentlich Verkehrsregeln gäbe, hieß es: Der Größte fährt zuerst. Mit dieser Losung floss der Verkehr überraschend flüssig, auch wenn es auf den ersten Blick chaotisch erschien, wie sich hier Auto an Moped, Kleinlaster an Bus und *Bejak* an Fahrrad drängten.

Aufgrund einer verfehlten Verkehrspolitik der indonesischen Regierung stauten sich an den Ampeln der Hauptstraßen unzählige Fahrzeuge. Auch auf den kleinen Inseln kehrte der Fortschritt ein. Vor jeder Hütte stand mindestens ein Moped. Nicht selten fuhren minderjährige Jungs zu dritt auf einem Motorbike. Motorisierte Zweiräder waren definitiv das beliebteste, da günstigste Transportmittel. Damit ließ sich vom Schwein bis zum Schrank wirklich alles befördern.

Wohl wissend um den Transporthunger ihrer Millionen Einwohner und auf Steuereinnahmen schielend, förderte die Regierung den Individual-verkehr und vernachlässigte dabei die durchaus existierenden öffentlichen Verkehrsmittel. So kostete eine Fahrt mit einem schrammeligen Bus keine fünfzig Cent – und unterlief damit sogar noch die Preise für die spottbilligen *Becaks*, wie sich die motorisierten Fahrradtaxis hier nannten. Es erforderte Mut, in eines der rostigen, spektakulär günstigen Fahrzeuge zu steigen, die oftmals nur durch die Farbe auf der Karosserie zusammengehalten wurden. Da die Busse nur in der Innenstadt halbwegs zuverlässig verkehrten, waren die Bewohner auf eigene Fahrzeuge angewiesen, sofern sie nicht für eine Fahrt ins Zentrum drei Stunden Lebenszeit verschwenden wollten. Daher brachte es eine siebenköpfige Familie mitunter auf ebenso viele Autos. Kein Wunder, dass Herlina von den Motorengeräuschen die Ohren sausten und der hohe Kohlenmonoxidgehalt sie schläfrig machte.

14 Damai

Sie fuhren durch die pulsierende Stadt zu einem abseits gelegenen lokalen Flughafen. Dort wartete schon eine kleine Maschine der *Susi Air* auf sie. Als einzige Fluggäste bestiegen sie die winzige Cessna. Faomasi hatte dafür gesorgt, dass sie ihre Ruhe hätten, weil er wusste, wie anstrengend die bisherige Reise und die Konfrontation mit der alten Heimat für Herlina sein würde.

Bevor die zweiköpfige Besatzung die Propeller startete, gab der Co-Pilot zwei wie selbstgebastelt aussehende Proviantpäckchen aus. In einer kleinen Pappschachtel befanden sich je ein Plastikbecher mit Wasser und Strohhalm, eine papierene Serviette und ein klebrig-süßer Reiskuchen mit Agar-Agar Füllung. Herlina musste lächeln. So waren sie auch früher immer verpflegt worden. Als Kinder spazierten sie an der Hand ihrer Mutter ganz selbstverständlich auf den Flughäfen dieser Welt herum. Die Selbstverständlichkeit war fortgerissen worden. Zurück blieben zwei verwirrte Kinder und ein zermürbter Vater. Doch damit wollte sich Herlina jetzt nicht beschäftigen.

Sie kämpfte mit widersprüchlichen Gefühlen. Jede fröhliche Erinnerung wurde gedämpft von ihrer unbewältigten Trauer und lastete wie ein Albdruck auf ihrem Herzen. Sie versuchte, sich zusammenzureißen.

Mit spuckendem Motor begannen die Propeller, sich zu drehen. Das Flugzeug nahm Fahrt auf, rollte über die bucklige Startbahn und hob ab. Herlina schloss die Augen und konzentrierte sich nur auf das Hier und Jetzt. Als sie die Augen wieder öffnete, hatten sie die graubraun versmogte Stadt hinter sich gelassen und das Meer unter sich.

Der Flug würde nicht lange dauern. Erstaunt stellte sie fest, dass Faomasi an das Fenster gelehnt döste. Sie betrachtete ihren Bruder und sah trotz seiner männlichen Züge ihre eigenen und die ihrer Mutter in ihm. Er hatte wenig von ihrem Vater, eher vom Wesen her. Äußerlich kamen sie beide nach ihrer Mutter.

Jetzt nicht daran denken. Die kleine Propellermaschine machte einen Satz und drehte auf die Insel zu. Sie flogen in geringer Höhe und Herlina presste ihre Nase an dem kleinen Bullauge platt, um möglichst alles dort unten zu erfassen.

Unter ihr breitete sich bereits der Dschungel Damais aus. Ein Vulkan streckte sich aus den Wolken, als wolle er nach dem Flieger greifen. Dahinter tauchte ein schlangenförmig mäandernder, schlammiger Fluss auf, der in regelmäßigen Schleifen braune Spuren durch den Regenwald zog.

Der dichte Dschungel ließ die langgezogene Insel von oben wie einen Schwamm aus Moos erscheinen. An den ausgefransten Rändern säumten kleine Häuschen mit Wellblechdach das Ufer. Zwischen den schmutzig-braunen und rostroten Dächern, den dunkelgrünen und himmelblauen Verschlägen, die versprengt da unten lagen, blitzte im Westen ein silbernes Dreieck hervor.

Das musste das neue Haus sein, das Daniel ihr beschrieben hatte. Ihr neues Zuhause, von Daniel erbaut. Sie quetschte ihre Nase noch dichter an das Fenster. Anders als in den meisten Teilen des Landes waren hier keine Moscheen errichtet, denn die Mehrzahl der Damaianer waren Christen, so wie sie auch immer noch an Geister und zahlreiche Mythen glaubten.

Sie spürte förmlich, wie sich die Bilder in ihrem Kopf zu einem farbenfrohen Mosaik formten, das ihr lange in Erinnerung bleiben würde. Da drehte der Flieger wieder ab und die silberne Schmuckschatulle verschwand aus ihrem Blickfeld. Das unergründliche Grün überzog Herlinas Seele mit melancholischer Traurigkeit.

Die graue Schneise durch den grünen Pelz dort unten musste die Landebahn sein. Dieser Flughafen war nicht vergleichbar mit all den anderen dieser Welt, die sie schon gesehen hatte. Eine Start- und Landebahn genügte hier vollkommen. Auf der grauen Bahn unter ihnen zeichnete sich etwas Braunes ab. Sie starrte auf den sich bewegenden Punkt und erkannte eine Kuh auf der Landebahn. Der Bauer zerrte an dem Strick, der um ihren Hals gebunden war und hieb mit einem Stöckchen in ihre Lenden, um sie zur Eile zu treiben. Herlinas deutsche Seite schüttelte innerlich den Kopf. Das war ja wieder typisch indonesisch. Störrisch schüttelte sich die Kuh, Herlina war, als könnte sie das langgezogene Muhen vernehmen.

Der Pilot schnatterte ein Kommando in sein Mikrofon und drehte noch eine Ehrenrunde, um der Kuh Zeit zur Umkehr zu geben. Das bescherte Herlina einen Panoramablick über die hügelige Regenwaldlandschaft. Sie meinte, Daniel dort unten am Strand vor ihrem neuen Zuhause winken zu sehen. Sie war sich sicher, dass es das Haus mit dem silbernen Dach sein musste, welches nur darauf wartete, dass sie endlich ankam. Und Daniel hoffentlich auch.

Schließlich hatte es der Bauer geschafft, seine Kuh vorwärts zu bewegen. Der Pilot drehte wieder ab und setzte zur Landung an. Herlina schüttelte sanft Faomasis Schulter. „Bruder, wir sind da", flüsterte sie auf Indonesisch. Faomasi schüttelte verschlafen den Kopf und rieb sich die Augen, als hätte er vergessen, dass seine kleine Schwester wahrhaftig neben ihm saß. Er lächelte.

Der Pilot brachte die kleine Propellermaschine sanft zum Stehen. Sie öffneten die Tür und der altvertraute, doch lange vergessene Tropengeruch fraß sich in Herlinas Unterbewusstsein wie eine gierige Raupe in ein Bananenblatt. Faomasi grinste sie an. „*Selamat Datang*, willkommen zu Hause", freute er sich und reichte ihr die Hand, um ihr aus dem Flieger zu helfen. „Willkommen auf Damai, in Ihrem Rundum-Sorglos-Öko-Resort."

Der Flughafen auf Damai war winzig, am Tag landeten und starteten keine zehn Flieger, was sich natürlich bald ändern würde, wie Faomasi ihr versicherte. Sie fuhren unter einem „*Selamat Datang*" Schriftzug, einem Schild mit bunten Tüllbuchstaben, hindurch und steuerten auf einer holprigen Strecke Faomasis Projektgebiet an.

„Daniel ist bestimmt noch auf der Baustelle," sagte Faomasi in Herlinas Staunen hinein, als könne er ihre Gedanken lesen. „Ich bringe dich erst mal zum Haus, da kannst du dich ausruhen." Sie fuhren an vergammelten Holzbaracken vorbei hinein in das satte Grün der Insel. Rechts von ihr fiel die Steilküste ab zum stechend blauen

Meer. Das Meer zeigte sich von seiner harmlosen, saphirblauen Urlaubsprospektseite, als wolle es sich mit ihr versöhnen. Dabei kannte sie seine verheerende, zerstörerische Kraft.

Sie fragte sich, wie Faomasi damit zurechtkam, so nah am Meer auf dieser Insel zu leben, doch sie wollte seine heitere Gelassenheit nicht sofort durch ängstliche Fragen kippen. Zu sehr genoss sie diesen Augenblick familiärer Normalität. Trotz oder vielleicht gerade weil er sie an ihre Mutter erinnerte, hielt sie einfach still und schloss die Augen. Die Sonne malte einen blutroten, zuckenden Film auf ihre Lider. Sie sog die Meeresbrise tief ein und versuchte, diesen ruhigen Moment zu genießen.

Einen starken Kontrast bildete der beginnende Urwald auf der anderen Straßenseite. Sie erinnerte sich daran, wie sie als Kind immer wieder versucht hatte, die unzähligen Grüntöne zu erfassen. „Welche Farbe hat das Leben?", wollte sie von ihrer Mutter wissen. Die Antwort war immer dieselbe. „Grün! Grün ist die Farbe der Natur, der Fruchtbarkeit und des Lebens", hörte sie Bebe sprechen. Kein Grün ist so intensiv wie das Grün junger Reisschößlinge. Smaragdgrüne Palmen säumten die vorbeijagenden grasgrünen Reisfelder. Uralte olivengrüne Kautschukbäume reihten sich an blassgrüne Büsche. Giftgrüne Schlangen lauerten in moosgrünen Zweigen. Eine fast neongrüne Raupe fiel von den Blättern auf ihre Windschutzscheibe. Faomasi entfernte sie mit dem Scheibenwischer. Herlina zählte im Geiste alle Grüns auf, die ihr noch einfielen: Apfelgrün, Flaschengrün, Frühlingsgrün, Blattgrün, Tarngrün, Jadegrün, Meergrün, Bambusgrün, Salatgrün, Sommergrün, Wiesengrün, Immergrün,

Tannengrün. Halt, Tannengrün gibt's hier ja gar nicht, ohne Tannen. Gut, dann ersetze ich es durch Palmengrün. Palmen gibt es hier unzählige. Wenn sie sich vorstellte, als Faomasis Öko-Touristin hierherzukommen, wäre das hier gar keine schlechte Aussicht.

Nach einer Weile bog Faomasi von der Hauptstraße rechts ab in einen kleinen Feldweg durch den Dschungel. Eine Horde Affen kauerte wie Wegelagerer am Straßenrand. Die Langschwanzmakaken stromerten gern in großen Grüppchen von zwanzig oder dreißig Tieren durch den Dschungel. Kritisch beobachtete der Chef der Affenbande mit buschigem Backenbart, wie das Fahrzeug vorbei rollte. Faomasi hatte vorsorglich die Fenster geschlossen. Affenmütter mit säugenden Babys am Bauch lausten akribisch das Fell ihrer Artgenossen. Präpotente Halbstarke ärgerten einander und stoben laut kreischend in die Büsche.

Am Eingang zum *Compound* saßen drei Wachmänner und spielten Gitarre. Kaum erkannten sie Faomasis Auto, sprangen sie auf, winkten fröhlich und öffneten das Haupttor. Mit einer angedeuteten Verbeugung musterten sie neugierig Faomasis Beifahrerin.

Er rollte in den Hof und blieb neben dem großen Hauptgebäude stehen. „Hier ist das Büro", bemerkte Faomasi mit einem Kopfnicken in die Richtung. Rechts davon ein großer, scheunenartiger Holzverschlag, die Werkstatt mit Garage für die Fahrzeuge, davor zwei Holzhütten für die Angestellten. Ein Holzgatter markierte den Zugang zum Haupthaus, es erinnerte Herlina an einen deutschen Jägerzaun. Faomasi öffnete das Gartentor und ging auf einem schmalen Pfad voran zum großen Wohnhaus. Wie in den Tropen üblich, gab es keine Haustüre, man gelangte gleich in den Privatbereich. Weiße, kühle Fliesen markierten den Eingang. Sie stand an der Hauswand vor einem Holzfenster mit zugezogenen Vorhängen, das trotzdem irgendwie einladend wirkte.

Ein Mitarbeiter brachte das Gepäck. *„Permisi"*, deutete er die unterwürfige Haltung der Bediensteten an, als entschuldigte er sich für die Störung.

„'Makassi Bang", dankte Herlina, die rechte Hand zum Herzen geführt mit einer leichten Verbeugung.

Links vom Eingang befand sich ein Vorbau. „Hier sind zwei Mandis, die Badezimmer mit Wasserbecken und Toilette", erklärte Faomasi. Vor den Mandis führte ein schmaler, langgezogener Gang auf die Veranda, dahinter leuchtete das magische Blau des Meeres. Links und rechts des Gangs gingen je zwei Türen ab, am Ende des Flures öffnete sich der Blick auf eine weite Holzveranda mit Holzdielen und verziertem Geländer, davor eine kleine Grünfläche, eingerahmt von einem überwucherten Zaun, durch dessen Ritzen das Meer blitzte. Herlina folgte Faomasi mit staunenden Augen. Innerhalb so kurzer Zeit hatte Daniel sein kleines Reich auf Damai geschaffen.

Links von der Veranda eröffnete sich ein Holzanbau mit der riesigen Küche. Gleich links neben dem Eingang die Spüle mit einem Avocadobaum vor dem Fenster, daneben eine Ablagefläche und eine Holzanrichte. Darüber hing ein Bündel reifer Bananen mit ihrem süßlichen, leicht vergorenen Duft. In der Ecke stand ein großer Kühlschrank, tiefer im Raum ein großer Holztisch, er wirkte wie eine Tafel, an der man ausschweifende Abendessen zelebrieren konnte, umgeben von sechs Holzstühle aus Rattan. Alle Fenster standen offen. Zur Meeresseite verlief eine weitere Veranda um das Haus. Mit dem beruhigenden Rauschen des Meeres, der leichten Brise und dem Vibrieren des Holzes fühlte sich Herlina geschützt wie im Bauch eines Wals. Herlina war versucht, gleich auf den gemütlichen Rattanmöbeln auf der Veranda zu entspannen, doch Faomasi führte sie zum ersten Zimmer rechts der Mandis und öffnete die Holztür. „Bitte sehr, dein neues zu Hause."

Herlina trat ein und zog die grünen Vorhänge vor den beiden Fenstern zurück. Ein neues Grün drang ins Zimmer: Herlina blickte auf eine zugewucherte Graswiese, dahinter Urwald. Wie auf Kommando setzte ein Vogel zu einem Willkommensgruß an. Tü-tü-tü-tütütütü, krächzte der *Burung Tekukur*, der indonesische Kuckuck. Ähnlich seinen europäischen Verwandten ist er etwa taubengroß, sein Gefieder grau mit leuchtend blaugrünen Flügeln, der Hals dünn schwarz-weiß gestreift. Sein Gesang klingt abgehackt wie eine Schallplatte mit einem Sprung. Sogleich hörte Herlina Bebes Stimme: Im Westen Indonesiens singen die Vögel schön, im Osten sind sie farbenprächtiger.

Vor dem Fenster stand ein Schreibtisch aus Holz, ein einfacher Holzstuhl davor. Daneben ein Regal, welches ihr Kleiderschrank werden würde. In der Mitte des Raumes ein großes Bett mit zugezogenem Moskitonetz. An der Wand neben dem Fenster war ein Bücherregal befestigt.

Faomasi folgte ihr ans Fenster und zog ein Mobiltelefon aus der Hosentasche. „Hier, für dich. Ich habe meine und Daniels Nummer schon eingespeichert und Pulsar, also Guthaben, aufgeladen."

„*Makkasi'ya*, Dankeschön."

Herlina zog die letzte Silbe im indonesischen Singsang in die Länge und legte das Telefon auf den Schreibtisch. Faomasi legte den Arm um Herlinas Schulter und drückte sie an sich. So standen sie eine Weile still da und schauten wie im Kino aus dem Fenster in den Dschungel, wo allerlei Vögel lärmten. Ein Affe huschte vorbei. „Ich bin froh, dass du da bist, *Adik*! Ist doch gar nicht so schlimm, oder?"

Herlina klatschte sich auf den Arm, wo ein Moskito im Begriff war, ihr Blut anzuzapfen. „Wenn du dir was gegen die Moskitos einfallen lässt, ja", lachte sie.

„Hier ist übrigens Daniels Zimmer", deutete Faomasi auf die gegenüberliegende Tür. „Aber vermutlich werdet ihr euch nur in einem Zimmer aufhalten", grinste er. Faomasis Zimmer lag neben ihrem, mit Aussicht auf die Veranda und das dahinterliegende Meer. Das Zimmer gegenüber diente als Gästezimmer.

Sie bemerkte die glatten, kühlen Fliesen unter ihren nackten Füßen. Der Bodenbelag sollte nicht nur schön aussehen. Die Fliesen waren wegen der tropischen Hitze zur Abkühlung und als Schutz gegen Schlangen gedacht. Sie schritt wieder über die Veranda und ging in die Küche. Auf den vibrierenden Holzbohlen schwankte sie leicht. Wie große Holzrahmen in einer Galerie boten die Fenster einen grandiosen Ausblick auf das Meer. Ein paar Fischerboote schwammen darauf und vollendeten das idyllische Bild.

„Abends werden die Fensterläden geschlossen", erklärte Faomasi, „als Schutz vor Affen und Einbrechern." Die hohen Laternen, die aussahen, als würden sie abends grell leuchten, und der Stacheldrahtzaun, der dem Paradies eine militärische

Note verlieh, standen im harten Kontrast zum friedlichen Rauschen des Meeres.

„Ich werde mich dann mal ausbreiten", verkündete Herlina und gab Faomasi ein Zeichen, dass sie ihren Koffer auspacken würde. Er nickte und ging in die Küche.

Mit den zwanzig Kilo Gepäck, die ihr erlaubt waren, in ihr neues Leben mitzubringen, war es ihr nicht leicht gefallen, sich zu entscheiden. Um sich selbst auf die Probe zu stellen, hatte sie eine grüne Bluse von Bebe eingepackt. Diese war eines der wenigen Kleidungsstücke, die von ihr erhalten geblieben waren. Obwohl Herlina wusste, dass die feuchte Tropenhitze in kürzester Zeit dafür sorgen würde, dass alle ihre Klamotten modrig riechen würden, wollte sie trotzdem das Gefühl genießen, sich häuslich einzurichten. Und wer wusste schon, wie lange sie wirklich bliebe? Vielleicht würde es ihr bald gelingen, Daniel davon zu überzeugen, wieder abzureisen?

Nachdem sie alle Sachen verstaut hatte, setzte sie sich an den Schreibtisch und überblickte ihr neues Zuhause. Sie nahm das Telefon und tippte eine Nachricht an Gila, deren Nummer sie auswendig wusste: „Rate mal, wo ich bin, *Tanteku*? Es ist grün, es ist heiß und stinkt nach Durian."

„*Selamat Datang, Ponakanku!* Ich bin stolz auf dich, mein mutiges Mädchen!"

Herlina grinste. Sie fühlte sich so leicht wie auf Wolken.

Da nahm sie aus dem Augenwinkel eine Bewegung am Fenster wahr. Herlina stand langsam auf und schaute hinaus. Der Schmetterling schlug behutsam mit seinen buntgeäderten, schwarz gerahmten Flügeln, als flüsterte er ein Geheimnis. Seine samtene Zeichnung schimmerte matt. Auf den ersten Blick erschien der Papilio bianor schwarz, doch Herlina betrachtete ihn nicht zum ersten Mal. Sie hatte eine Kollektion der geliebten Flatterfreunde auf dem Berliner Mauerpark-Flohmarkt erstanden – aufgespießt und in einem scheußlichen Rahmen – aber immerhin. Tag für Tag bewunderte sie fortan ihre vertrauten Schätze hinter Glas. Die Faszination für diese bunten Kreaturen hatte Herlina von ihrer Mutter. Obwohl der Schmetterling in Indonesien als Todesbote galt, liebte sie seine unschuldige Schönheit.

Herlina erinnerte sich an das Haus ihrer Eltern und den üppigen Blumengarten. Damals hatten sie in Medan gelebt und sich für eine Weile so etwas wie Normalität gestattet. Die Erinnerung an glückliche Familientage schob sich wie ein vergilbtes Schwarz-Weiß-Foto in ihr Bewusstsein. Da, wo einst ihr fröhliches Kinderherz gehüpft hatte, pochte nun ein Phantomschmerz.

Herlina senkte den Blick auf die langsam pulsierenden Flügel des Schmetterlings, als wären sie der Eingang zu einer anderen Welt. *„Mom,* ich habe einen Schatz entdeckt", hatte sie ihrer Mutter zugerufen, die sogleich herbeigeeilt war, sobald ein solch kostbarer Gast ihren Garten aufgesucht hatte. Beide beobachteten sie die feine metallgrüne, glitzernde Verästelung auf den handtellergroßen Schwingen. Das ans Pfauenauge erinnernde purpurne Muster verlor sich am Rand in königsblaue Schatten, um am Ende in einer tränenförmigen Spitze zusammenzulaufen.

„Denk daran Herlina", raunte ihr Bebe zu, „auch du wirst einmal wie ein stolzer Schmetterling in die Welt fliegen und deinen Platz finden." Bebe ging neben ihr in die Hocke und schenkte ihr dieses unvergessliche Lächeln. „Jetzt bist du noch meine kleine Raupe", sagte sie und strich ihr die Haare aus dem Gesicht. „Aber eines Tages wirst du mich loslassen und deinen Weg ohne mich gehen. Du wirst Freunde verlieren, die deine neue Gestalt nicht mögen, und du wirst neue Freunde gewinnen, die deine Schönheit erkennen. Genauso wirst du, wenn du Vertrauen gefunden hast in dein neues Selbst, frei fliegen können und anmutig von Blüte zu Blüte flattern. Achte immer auf die Zeichen der Mutter Natur. Es gibt einen Grund, warum du sie bekommst."

Herlina verlor sich in den hypnotisierenden Bewegungen ihres schwarzflügeligen alten Bekannten. Mit einem eleganten Flügelschlag flatterte der Papilio davon. Herlina beobachtete, wie er sich auf einem hohen Ast inmitten des gegenüberliegenden Dschungels niederließ. Schließlich versuchte sie sich wieder auf das Hier und Jetzt zu konzentrieren und interpretierte den Schmetterling als Willkommensgruß ihrer alten Heimat. Sie klappte den Koffer zu und stellte ihn in eine Ecke.

Herlina betrat den schmalen Gang Richtung Veranda, um mit Faomasi Kaffee zu trinken. Als sie an seine geöffnete Zimmertür kam, entdeckte sie ein gerahmtes Foto auf seinem Schreibtisch. Sie ging hinein und hob die Fotografie hoch. Es zeigte die Geschwister als Jugendliche. Faomasi rief aus der Küche. „Kaffee ist fertig!"

Da sie nicht gleich zu ihm kam, schaute er nach und fand sie in inniger Betrachtung des Fotos. Sie lächelten sich an. „Weißt du noch, das Foto hat Opa damals gemacht, als die Großeltern zu Besuch waren in Medan?"

„Oh, ja. Ich höre mich noch als Fünfzehnjährige lamentieren: ‚Wenn meine Eltern nur endlich normal würden'", lachte Herlina. „Wie oft hatte ich mir das damals gewünscht?"

Faomasi schmunzelte. „Du hast dich dauernd beschwert, weil es ihretwegen immer wieder zu peinlichen Situationen gekommen war."

„Ja, weil Papa es in all den Jahren nicht geschafft hatte, die hiesige Landessprache *Bahasa Indonesia* zu erlernen, sodass ich immer wieder für ihn übersetzen musste. Wie unangenehm mir das war. Und mit *Mom* war es in Deutschland genauso schlimm. Auch da musste ich bei Oma und Opa in Berlin immer erklären, was *Mom* gesagt hatte. Wenigstens du hast alles verstanden. Alles was sie sagten, alles, was ich meinte und überhaupt alles. Wärst du nicht da gewesen, ich wäre wohl verzweifelt."

„Ich sag nur *Jam Karet*", antwortete Faomasi. In seinen Augen lag so viel Liebe, Herlina wollte am liebsten eintauchen und den verborgenen Schatz bergen. Stattdessen überspielte sie die Rührung mit einem Lachen.

„Genau, Gummizeit", präzisierte Herlina. „Papa regte sich doch immer darüber auf, wenn wir wegen *Mom* mal wieder zu spät zu einer Verabredung kamen. *Mom* guckte dann verschwörerisch und flüsterte uns auf Indonesisch zu: ‚Achtung, Achtung, die deutsche Pünktlichkeit explodiert gleich', und dann lachte sie. Mir war das immer peinlich, auch wenn alle unsere Eltern total cool fanden. Dich fanden sie auch cool, aber das war ja etwas anderes."

Sie betrachtete wieder das Foto.

„An dem Tag hatte ich den Großeltern zu Ehren das erste Mal *Rendang* selbst zubereitet. Zugegeben, *Mom* hat mir ein bisschen dabei geholfen. Aber nur ein bisschen. Ich weiß noch, wie ich die Großeltern beobachtet hatte, wie sie sich allmählich an unser scharfes Essen gewöhnten, doch immer noch bei jedem Bissen literweise schwitzten und dabei glücklich strahlten.

Nach dem Essen war ich aber schon wieder genervt davon, die Übersetzerin spielen zu müssen, während du dich, angeblich um Hausarbeiten zu machen, in dein Zimmer verziehen wolltest. Vorher hat Opa noch schnell das Foto gemacht und danach feierlich erklärt, dass er jetzt zwei lebende indonesische Zitronen mit seinem Fotoapparat verewigt hätte, wegen unserer säuerlichen Mienen."

Als sie ihren Kaffee getrunken hatten, schaute Faomasi auf die Uhr. „Ich muss noch was erledigen. Ruh du dich erst mal aus." Wie auf Kommando überfiel Herlina eine Müdigkeit, die sie dem Jetlag zuschrieb. Da half auch kein Kaffee mehr.

Sie lag auf dem Bett und lauschte den Geräuschen der Insel. Die Zikaden zirpten vernehmlich vor ihrem Fenster. Zusammen mit dem vielstimmigen Zwitschern und Kreischen der unzähligen Vögel sorgten sie für diesen unverwechselbaren Klangteppich des Dschungels. Von der einzigen Straße her hupten Autos, Motorroller knatterten vorbei, Fahrräder klingelten. Lautes Lachen verebbte in der nahen Brandung.

Aus einer anderen Richtung hörte sie ein Scheppern wie Metall auf Metall. Es klang wie ein verstimmtes Klavier, das auf ihren Nerven eine auf Moll gestimmte Melodie klimperte, war aber das Hämmern der

Bauarbeiter auf Stahl, *reinforced steel*, Daniels Stahlkonstruktion für die Fundamente von Faomasis Bungalows.

Eine Schwere legte sich auf Herlinas Herz. So tief hatte sie den Verlust ihrer Mutter lange nicht mehr gespürt. Es war ja klar, dass dies kommen würde, schalt sie sich. Es war schon eine große Herausforderung, sich so nah dem Geheimnis ihres Verschwindens zu nähern und dann so tun, als wäre nichts geschehen. Wie Faomasi das wohl aushielt? Männer waren wohl die besseren Verdränger. Oder war er einfach reifer? Ob sie jemals so weit sein würde?

So wie der Papilio immer wieder auftauchte, umgab sie immer wieder diese melancholische Erinnerung an ihre Mutter. Ein unsichtbarer, dunkler Trauerflor, der sich um ihr Herz schlang. Beide waren wie durch ein zartes Band miteinander verflochten, das doch so stark war, ihr Herz zuzuschnüren. Solch ein rares, zartes, zeitloses Geschöpf gab es kaum noch in freier Wildbahn. War es ein Zeichen, dass sie gleich heute eines bewundern durfte?

Ein auf die Nasenspitze herabflatternder Schmetterling bedeutete in Indonesien die Ankündigung eines Todes. Bei aller Liebe und Achtung für die mysteriösen Samtschwingen wurden sie stark gefürchtet und verachtet. Niemand getraute sich wirklich, sie zu töten, aber sie waren stets ein beliebtes Sammlerobjekt gewesen. Am liebsten mochte Herlina den Papilio bianor. Ihn hier in seiner natürlichen Umgebung zu sehen, war wie ein Traum.

Der Schmetterling tanzte auf Herlinas Wange. Herlinas Mund verzog sich zu einem breiten Lächeln, als sie realisierte, dass dies ein Kuss war. Daniel weckte sie mit sanften Küssen. In der Ferne rauschte die Brandung wie der harmonische Atem des Meeres. Daniels Hände wanderten unter das dünne Bettlaken, erkundeten ihren nackten Körper. Herlina schnurrte lustvoll und streckte sich ihm entgegen wie eine Katze. Langsam drehte er sie um, schob ihre gelockten Haare beiseite und küsste ihre empfindliche Stelle am Hals. Herlina erschauderte. Sie knabberte an Daniels Hals und schnupperte seine warme Sommerhaut. Ihre Hände verknoteten sich. Körper verschmolzen miteinander, bewegten sich sachte, dann immer leidenschaftlicher. Wie die heranrollenden Brecher vor dem Fenster klatschten ihre verschwitzten Leiber aufeinander, wogten in magischem Gleichklang und entfernten sich wieder. Herlina wollte schreien vor Lust, als die Stöße immer heftiger wurden. Doch das war außerhalb ihres Körpers.

Herlina schreckte hoch: Erdbeben! Sie riss die Augen auf, japste nach Luft. Ihr Herz klopfte bis zum Hals.

Daniel stand angezogen in seiner üblichen Kluft aus Leinenhemd und Jeans vor ihr und rüttelte am Bettpfosten. Herlina sah ihn entgeistert an. Sie konnte nicht einordnen, wo sie sich befand.

„Guten Morgen! Aufstehen", Daniel freute sich wie ein kleines Kind, dass sie endlich wach war. Mit süßer Stimme fragte er ihre Begeisterung über das Haus ab und drängte darauf, dass sie mit ihm loszog. Er wollte mit ihr die Insel erkunden, sein Projektgebiet zeigen. Jetzt, sofort.

Überfordert von seiner guten Laune zerknüllte Herlina das Kopfkissen. Noch ganz verschlafen jammerte sie, sie wolle noch nicht aufstehen. „Ich hatte so einen schönen Traum!"

Plötzlich kippte die Stimmung. Daniel sackte vor Enttäuschung förmlich in sich zusammen. Statt sie in die Arme zu nehmen, wie Herlina es sich so sehr gewünscht hätte, maulte er, dass sie sich nicht für seine Arbeit interessiere. Er wandte sich ab zur Tür.

„Und warum, glaubst du, bin ich hierhergekommen? An einen Ort, wo ich niemals wieder hinwollte? Etwa weil das Wetter hier so schön ist?", fauchte sie.

Wie aus meilenweiter Entfernung sagte er: „Bist du nicht hier, weil du es mal wieder verkackt hast?"

„Wie bitte?", japste Herlina. Sie wusste, dass er auf *Green Spirit* anspielte. Das Umweltmagazin, für das sie jahrelang gearbeitet hatte, hatte damals die Arbeit einstellen müssen, weil es von einem Unternehmen verklagt worden war. Herlina und Catherine hatten einen Artikel veröffentlicht und die üblen Geschäftspraktiken eines großen Unternehmens aufgedeckt. Plötzlich hatte der Kronzeuge seine Aussage zurückgenommen, weshalb sie keinen Beweis mehr hatten. Daraufhin musste das Magazin dicht machen und Catherine wechselte zum Nature Magazine, während Herlina eine andere Richtung einschlagen wollte und bei ERFOLGE gelandet war.

„Na vielen Dank für dein Mitgefühl. Du hast es ja nicht mal geschafft, mich vom Flughafen abzuholen!"

„Ich dachte, du würdest lieber erst mal deinen Familienkram klären", antwortete er mit einem Schulterzucken. „Und abends hast du ja gepennt."

Daniel konnte der charmanteste, witzigste und am lautesten lachende Gefährte sein. Aber manchmal überkam ihn ein zweites Gesicht wie von Dr. Jekyll zu Mr. Hyde. Grässlich. Diese Seite konnte sie überhaupt nicht an ihm leiden. Ekelhaftes Benehmen. Sie lenkte immer wieder ein, harmoniesüchtig, wie sie war. Oft dachte sie an das A-Wort. Heute knallte sie es ihm an den Kopf. Nie hatte sie so etwas zu ihm sagen wollen, aber heute konnte sie sich nicht mehr beherrschen. Schon gestern auf der Fahrt hierher mit Faomasi war sie genervt gewesen von seiner Abwesenheit. Kaum angekommen, wollte sie am liebsten wieder abfliegen.

„Es kotzt mich so an", wütete sie. „Ist es denn zu viel verlangt, wenn man am ersten Morgen nicht sofort aufstehen will, sondern ein wenig kuscheln?"

Als wäre dies völlig abwegig, erwiderte er: „Ist doch schon zehn Uhr.".

„Schon mal an die Zeitverschiebung gedacht? Du bist der einzig verbliebene Stressfaktor in meinem Leben", spuckte sie die Worte aus. Dann schickte sie ihn hinaus, etwas erledigen, seine Lieblingsbeschäftigung.

Sie kauerte allein auf dem Bett. Das Moskitonetz halb aufgeschlagen, tanzten drei Sonnenstrahlen im hellen Schein der Palmenblätter vor dem Haus und warfen zuckende Blitze auf den Holzfußboden. Der erste Tag begann also mit Tränen. Sie heulte vor Wut und Verzweiflung.

Schließlich stand sie auf und machte sich Kaffee. Daniel war nicht zu sehen, er war wohl zur Baustelle gefahren. Auch von Faomasi keine Spur. Bestimmt dachte er, sie wollten lieber zu zweit sein. Herlina seufzte. Sie setzte sich auf das Sofa auf der Veranda und schlürfte ihren Kaffee. Sie lehnte sich zurück und schloss die Augen, gab sich den Geräuschen um sich herum hin. Der irre Vogel trällerte seine abgehackte Melodie. Aus der Ferne vernahm sie wieder das Klimpern.

Durch die geschlossenen Lider flackerte das Sonnenlicht wie rotglühende Lava. Sie atmete bewusst tief ein, ließ die tropische Luft ihre Lungen füllen. Die Meeresbrise kühlte den Schweißfilm auf ihrer Haut. Und da war noch eine bekannte Duftnote. Schnüffelte sie da einen feinen Hauch von Frangipani, wie damals in ihrem Garten in Medan? Bebes Lieblingsbaum mit den cremefarbenen Blüten und dem gelben Kelch, die sie sich so gern hinters Ohr gesteckt hatte? So einen Duft gab es nirgendwo zu kaufen. Im Hintergrund rauschte das Meer so sanft und verspielt wie auf einer Meditations-CD. Unwillkürlich ließ sie den Körper im Gleichklang der Wellen sanft hin und herschwingen.

Plötzlich rumpelte das Sofa unter ihr.

16 Erdbeben

Die Erde gab ein Grollen von sich, als räkelte sich eine Urgewalt. Die Dachbalken bogen sich. Herlina war sofort auf den Beinen. Alles schwankte – ihre Knie, die Veranda, die Balken über ihr. Aus starken Kokosnusspalmen zu einem Dreieck miteinander verbunden, schlugen sie mit einem gewaltigen Schwung gegeneinander. Durch den Rückstoß schien beinahe das Dach zu bersten, doch die Stahlbewehrung hielt Stand. Mit diesem Schauspiel erinnerte die Natur Herlina daran, dass Indonesien auf dem Pazifischen Feuerring lag, wo mehrere Kontinentalplatten aneinanderstoßen. Diese sind ständig in Bewegung und lösen so Erdbeben oder Vulkanausbrüche aus.

So plötzlich, wie das Beben gekommen war, war es vorüber. Herlina beobachtete ihre Kaffeetasse. Die Flüssigkeit darin bebte wie eine kleine Tsunamiwelle und schwappte über den Rand. Herlina blinzelte und fasste sich ans Herz. Nur ein kleines Erdbeben. Sie schätzte, auf der Richterskala etwa vier bis fünf.

Sie blickte sich noch einmal um, doch die Welt nahm wieder ihren Lauf. Sie zog ein Tissuepapier aus der Pappschachtel, nahm die Tasse aus der Kaffeepfütze, wischte kurz ab und widmete sich wieder der Aussicht auf das Meer. Alles ruhig.

Da piepste ihr Handy. Faomasi erkundigte sich, ob alles in Ordnung sei. Wenigstens einer, der an mich denkt, brummelte sie.

Herlina lehnte sich im Sofa zurück und dachte an die eine Nacht damals, hier auf der anderen Seite der Insel, wo Bebes Familie ein kleines Haus am Strand hatte. Dort hatten sie einst die Ferien verbracht. Herlina hatte Ferien gehabt und war mit der Mutter allein dort gewesen. Irgendwelche Verwandten hatten Bebe irgendwann aus irgendeinem Grund das Haus überlassen. Ulf war vermutlich auf einem Auslandseinsatz gewesen und Faomasi auch irgendwie *busy*.

In dieser Nacht hatten sie ein schweres Beben erlebt: 6,2 auf der Richterskala. Herlina hatte schlafend im Bett gelegen, allein im Zimmer, als sie von einem heftigen

Schwanken geweckt wurde. Die Balken bogen sich bedrohlich herab, als wollten sie nach ihr greifen. Bebe riss die Tür auf und rüttelte an ihrer Schulter. Sie solle sofort rauskommen, rief sie mit Panik in der Stimme. Da war Herlina sofort klar gewesen, dass dies ein stärkeres Beben sein musste. Sie liefen aus dem Haus und überlegten, was sie tun sollten. Die Erde schwankte wieder, Herlina wurde schlecht. Sie fühlte sich wie in einer Achterbahn, die plötzlich stehengeblieben war.

Sie standen auf der Veranda. Bebe interessierte sich plötzlich für die Dachkonstruktion. Wären die Dachlatten zerborsten, hätten sie ihnen die Köpfe abgerissen.

„Los, schnell", gab Bebe das Kommando.

Sie eilten noch einmal ins Haus, zogen sich schnell etwas über, griffen die allzeit gepackte Notfalltasche mit etwas Geld, Wasser und *Sarong* und rannten zum nächstgelegenen Berg. Unterwegs verständigte Bebe sich mit ein paar Familienangehörigen.

Auf dem Weg nach oben durch die kleinen Gassen des Dorfes standen manche Leute ratlos vor ihren Häusern. Ihnen machten sie Zeichen oder riefen ihnen zu, zum *Gunung*, dem Berg hochzulaufen. Die Menschen verstanden und folgten ihnen. Die Leute gingen gefasst, fuhren mit allen Familienangehörigen auf einem Motorrad oder mit dem Auto hoch. Sofort gab es einen Stau und die Leute hupten, schrien hysterisch und verfluchten einander. Herlina erschrak, als sie erkannte, dass offenbar auch die Einheimischen von der Stärke des Bebens überrascht waren. Kleinere Beben erlebten sie ja immer wieder mal.

Herlina stand mit ihrer Mutter und einigen Verwandten und Nachbarn auf dem Berg. Mit schreckgeweiteten Augen schauten sie angstvoll hinunter zum Meer. Die schwarze Oberfläche blieb glatt wie Marmor. Unschuldig schillerte das Mondlicht auf dem Wasser. Ob es so friedlich bleiben würde?

Es war etwa ein Uhr nachts gewesen, als das Erdbeben aufgetreten war und nach einer weiteren Stunde Warten auf dem Berg, korrespondierend mit den Einheimischen und über Satellitentelefon mit dem Internationalen Roten Kreuz, für das Ulf damals gearbeitet hatte, kam dann die Entwarnung und die beiden gingen zurück.

Bebe gönnte sich daraufhin erst einmal einen Wodka. Sie keuchte und prustete, als sie das Glas wieder abstellte. „Der indonesische Wodka schmeckt zwar grauenhaft, aber darauf kommt es jetzt nicht an."

Erschöpft legten sich beide wieder hin. Herlina legte sich zu Bebe ins Bett, allerdings in Klamotten, mit den Notfalltaschen in Griffweite und offener Schlafzimmertür. Sie kuschelte sich an ihre Mutter und döste ein.

Nach etwa einer Stunde klopfte die Nachbarin an die Tür. Sie brachte die Nachricht, dass ein weiteres Beben für vier Uhr vorhergesagt wurde. Also machten sie sich wieder auf den Weg zum Berg. Damals wussten sie noch nicht, dass man Erdbeben nicht vorhersagen kann.

Diesmal fuhren sie mit dem Jeep. Sie breiteten oben ihren *Sarong* aus und harrten der Dinge. Immer wieder kam jemand mit Nachrichten, die er von irgendjemand aufgeschnappt hatte, doch sie entpuppten sich als Gerüchte. Als die ersten Vögel um halb sechs mit ihrem morgendlichen Tirilieren begannen, wussten sie, sie waren in Sicherheit, und fuhren zurück ins Haus.

Bebe konnte Herlina dazu überreden, sich hinzulegen, doch die konnte nicht schlafen. Sie begann zu Weinen, vor Erleichterung, dass nichts geschehen war, und Angst vor weiteren Beben. Bebe wiegte sie in den Armen und summte ihr ein vertrautes Lied.

Im Laufe des Tages erfuhren sie die Bilanz des Erdbebens: viele zerstörte Häuser im nächsten Dorf, ein Toter, der unter Balken begraben worden war und zwei Schwerverletzte. Das Haus hatte zwei Risse abbekommen, war ansonsten aber heil geblieben. Es herrschte eine bedrückte Stimmung.

Es war Bebe trotz Satellitentelefon nicht möglich gewesen, mit Ulf zu kommunizieren, weil es kein Netz gab, dort, wo er sich gerade befand. Sie erfuhr schließlich von einem seiner Kollegen, der auf dem Motorrad eine Entwarnungsrunde drehte, dass es ihm gut ginge.

Auch Herlina fasste sich wieder, doch zurück blieb das unheimliche Gefühl, dass niemand die Natur kontrollieren, geschweige denn Vorhersagen über Erdbeben machen kann.

Herlina fühlte sich überwältigt von all den Sinneseindrücken und Schatten der Vergangenheit. Plötzlich lähmte eine bleierne Müdigkeit den Körper. Sie beschloss, sich noch einmal hinzulegen.

17 Die Ankunft

Als sie aus einem unruhigen Traum erwachte, dauerte es eine Weile, bis sie die Umgebung als ihr neues Zimmer erkannte. Vor dem Fenster übte der verrückte Vogel sein Liedchen. Sie nahm das Telefon, um herauszufinden wie spät es war und staunte nicht schlecht: schon nach halb sieben - abends. Mit einem Schwung hüpfte sie aus dem Bett und ging ins Mandi. Wie in Indonesien üblich, schöpfte sie mit der Kelle das Wasser aus dem Becken und reinigte sich mit der linken Hand. Herrlich erfrischt durch das kalte Wasser schlüpfte sie in noch frisch duftende Kleider.

Sobald sie ihr Zimmer verließ, legte sich wieder der Schweißfilm über den ganzen Körper. In den Tropen konnte selbst das beste Deo die Transpiration nicht stoppen.

Auf der Veranda setzte sie sich auf ihren nun gewohnten Platz auf dem Sofa und beobachtete die einsetzende Flut am Strand hinter dem Haus. Das Meer machte keine Anstalten, die friedliche Stimmung zu zerstören.

„Hey, wer sitzt denn da und beschwört die Meeresgötter?" Faomasis neckende Stimme riss sie aus ihren Gedanken. Mit einer großen Pappschachtel *Bintang* Bier unter dem Arm stand er im Flur und betrachtete sie. „In der grünen Bluse siehst du aus wie Bebe. Wusstest du eigentlich, wie ähnlich du ihr bist?"

Er stellte die Schachtel an den äußersten Rand der Veranda. Mit einem Fuß kickte er dagegen. Ein Dutzend Kakerlaken wuselten daraus hervor. Mit einer geübten

Bewegung nahm er den an der Wand stehenden Besen und fegte die Kakerlaken in einem Schwung hinunter. „Igitt", entfuhr es Herlina. Sie zog die Beine hoch.

„Keine Sorge, die verschwinden alle im Urwald. Du weißt doch wie das hier ist. Die Viecher lieben es warm und feucht." Er grinste sie an. „Nun schau nicht so angewidert. Du warst wohl zu lange in deinem sauberen *Ger-ma-ny*." Wieder zog er das Wort in die Länge. Diesmal zwinkerte er schelmisch. „Komm, du kannst mir helfen", mit einem Kopfnicken deutete er in Richtung Küche. Sie lächelte ergeben und folgte ihm.

Faomasi stellte die Bierschachtel in die Spüle und öffnete sie mit einem Messer. Er lugte hinein. „Keine Kakerlaken mehr." Mit einem Lappen wischte er die Flaschen ab und reichte sie Herlina, damit die sie in den Kühlschrank stellte.

„Da wir von *Mom* sprechen", begann Herlina. „Ich habe mich die ganze Zeit gefragt, wie du ausgerechnet hier auf der Insel dein Projekt aufziehen kannst. Macht es dir denn gar nichts aus, dass sie hier gestorben ist?"

Faomasi stellte die Flasche ab, die er eben abgewischt hatte. Er musterte sie. „Du trägst ihre Sachen, weigerst dich aber, dich mit ihrem Tod abzufinden?"

Herlina öffnete den Mund, doch Faomasi erwartete keine Antwort: „Weißt du, Adik, ich wollte dem Grauen einfach etwas Positives entgegensetzen. Du weißt ja, dass wir hier Verwandtschaft haben, da war es einfach, die nötigen Kontakte zu knüpfen. In gewisser Weise betrachte ich mein Resort auch als Bebes Erbe."

Herlina schaute ihn mit großen Augen an. So hatte sie das Ganze noch gar nicht betrachtet. Wieder war sie beeindruckt von ihrem großen Bruder. Sie konnte nichts erwidern und nickte stattdessen nur langsam.

„Übrigens", sagte er in einem beiläufigen Ton, seine Arbeit wieder aufnehmend, „deine frühere Busenfreundin Ryka treibt auch hier auf der Insel ihr Unwesen, wusstest du das?", fragte er zwischen zwei Handgriffen.

„Ja, sie hat es mir neulich erzählt".

„Seid ihr beide wieder in Kontakt?"

Herlina erkannte in seinen Augen ein Glitzern, wie sie es nur einmal zuvor bei ihm gesehen hatte, damals auf dieser Party mit der Beinahe-Knutschszene. Sie war im Begriff, ihn darauf anzusprechen, als sie Schritte auf der Veranda hörte und die Küchenbohlen vibrierten. Beide drehten sich um.

„Da komme ich ja richtig", grinste Daniel. „Feierabend."

„Das Bier ist noch nicht kalt", sagte Herlina, „aber ich habe, neben wunderbaren Spezereien wie Käse, Salami und Oliven, auch Wein mitgebracht. Wollt ihr?" Herlina ging zurück in die Küche, um ihre Schätze zu holen. Während sie die Sachen auspackte, hörte sie die beiden miteinander tuscheln. „Hey, was redet ihr da hinter meinem Rücken?", rief sie über die Schulter.

„Nichts, nichts, nur Baustellenkram", antwortete Faomasi beschwichtigend. Wenig später saßen sie am reich gedeckten Tisch. „*Selamat Makan. Guten Appetit.*"

„*Makan!*", erwiderte Herlina gutgelaunt. Auch Daniel stimmte ein.

Unter lauten Zustimmungsbekundungen verputzten sie gemeinsam die Mitbringsel. Nachdem Faomasi als erster sein Weinglas geleert hatte, erhob er sich. „Ich lasse euch Turteltäubchen mal allein. *Selamat malam.*"

Er deutete eine Verbeugung an und schlurfte in sein Zimmer.

Daniel rückte auf dem Sofa näher an Herlina heran und zog sie in seine Arme. „Bitte entschuldige wegen heute Morgen", flüsterte er und küsste sie zärtlich. Herlina erwiderte seinen Kuss und umarmte ihn innig. Sie räumten schnell die Sachen weg.

Vor ihrer Tür nahm Daniel Herlinas Hände und schaute fast schüchtern. „Ich schlafe doch bei dir, oder?" Ohne zu antworten, öffnete sie die Tür und zog ihn auf das Bett.

In dieser Nacht liebten sie sich so leidenschaftlich, wie Herlina es geträumt hatte. Danach lagen sie engumschlungen nebeneinander, Herlinas Kopf auf Daniels Brust. Die Zikaden zirpten vor ihrem Fenster. Frösche quakten gegen das Rauschen des Meeres an.

„*Home is where your heart is*", flüsterte Herlina in die dunkle Nacht. Daniel zog sie näher an sich und antwortete mit einem sanften Kuss auf ihre Stirn. So geborgen hatte sie sich lange, lange nicht mehr gefühlt.

18 Baustelle

Auf dem Küchentisch lag ein Zettel von Daniel: „Sind auf der Baustelle." Herlina schob die Unterlippe vor und betrachtete den Zettel. Sie schluckte die Enttäuschung runter. Mit gestrafften Schultern und einem Lächeln wie ihre Pilatestrainerin beschloss sie, einfach gute Laune zu haben. Sie öffnete den Kühlschrank um zu sehen, was fürs Frühstück taugte. Dabei sortierte sie die Fächer nach ihrer Ordnung.

Als sie damit fertig war, ging sie auf die Veranda. Fantastische Aussicht, leichte Brise, Sonnenschein, kein Monsun, also tropisch heiß, die Brandung tosend.

Herlina schnappte sich den Schlüssel für den Jeep, den sie sich aus Faomasis Fuhrpark ausleihen durfte. Sie packte genügend Mangos, Avocados und frisches Wasser mit ein, um die beiden zu einem spontanen Picknick einzuladen. Nur ein kleiner Lunch Break, überlegte sie.

Als sie den Schlüssel ins Zündschloss stecken wollte, fiel ein gefalteter Zettel vom Armaturenbrett. Noch bevor sie ihn öffnete, wusste sie, von wem er war: „komm mops komm", las sie. Die Enttäuschung kapitulierte vor dem Strom warmer Zufriedenheit, der nun ihr Herz erfüllte. Na, wenn das keine Einladung war. Sie faltete den Zettel wieder zusammen und steckte ihn in ihre Tasche.

Sie bog ab in die zerklüftete Fahrbahn mit knietiefen Schlaglöchern. Obwohl Herlina in den letzten Jahren kaum Auto gefahren war, konnte sie gut mit solch unebenen Straßen umgehen. Der Linksverkehr war immer wieder gewöhnungsbedürftig. Mehrfach fuhr sie zu weit rechts, hatte aber keinen Gegenverkehr. Trotzdem haute sie aus Spaß auf die Hupe. Das gehörte zum indonesischen Verkehr einfach dazu.

Schon weit vor der Abzweigung sah sie das Schild: Faomasis Resort. Jeder wusste, dass Faomasi ein einheimischer Name war, auch wenn ihre Familie mütterlicherseits nicht von Damai kam, sondern aus Medan, jedenfalls auch aus Sumatra. In Zeiten ausländischer Investoren, die sich zunehmend auch auf den kleineren Inseln herumtrieben, bedeutete das einen Vertrauensbonus und zugleich ein Versprechen.

Herlina summte ein indonesisches Lied aus dem Radio und wackelte dabei mit den Schultern wie eine balinesische Tänzerin. Sie lenkte den Geländewagen auf einen holprigen, sandigen Feldweg, der durch das zusammengezimmerte Gattertor auf die Baustelle führte. Rings um sie herum erscholl das glockenhelle Klingen der Stahlbauten. Die Arbeiter schlugen auf den Stahl ein, während sie mit dem Schweißgerät bewaffnet die gewünschte Form erzeugten. Die Wände und Zwischenböden waren aus Holz gebaut. Die Stahlkonstruktion würde den Bungalows Halt geben; bei Erdbeben, als Schutz vor Stürmen und hoffentlich auch einem Tsunami standhalten. Sie winkte hier und dort und nickte grüßend. Sicher wussten die wenigsten hier, dass die freundliche Halbindonesierin die Schwester des Bauherrn war. Wobei – wenn sie an die Gerüchteküche dachte, hatten vermutlich andere ihre Familiengeschichte zum Brodeln gebracht.

Sie stoppte und blieb im Wagen sitzen.

Dutzende Männer in bloßen Füßen, nur mit kurzen Hosen und verwaschenen T-Shirts bekleidet, schleppten schwere Säcke auf dem Rücken und stapelten sie übereinander. Einige trugen weiße Schutzhelme, manche eine *Basecap*, den Schirm nach hinten gezogen. Gelbe Bagger schaufelten Sand zu einem Haufen. Der unebene Boden leuchtete fast golden und glomm mit dem dichten Grün der Palmen und Büsche im Hintergrund noch intensiver. Überall lag Baumaterial herum, nach einer für Herlina nicht erkennbaren Ordnung. Unter blauen Planen lagerten Holzlatten, die von einem Arbeiter mit einer kreischenden Holzsäge auf die benötigte Länge gebracht wurden. Auf dem großen Feld konnte Herlina die Fundamente der ersten Bungalows ausmachen. Eingefasst in einen Rahmen aus Beton, ragten an den Ecken lange Stäbe aus Stahl für die Konstruktion der Stahlbewehrungen hervor wie Finger einer Geisterhand.

Da entdeckte sie die beiden. Daniel zeigte auf eine Karte. Er schien Faomasi seinen Plan zu erklären. Sie stieg aus, lockerte ihre Bluse und strich sich die Klamotten glatt. Schweiß und Staub fielen von ihr ab. Den ausgeblichenen Chucks haftete augenblicklich der feinkörnige Sand des indonesischen Bodens an. Herlina nahm Kurs auf die Jungs, welche gleichzeitig aufblickten und freudig winkten. Faomasi umarmte sie herzlich. Daniel gab ihr einen flüchtigen Kuss, dann fuhr er mit seinen Ausführungen fort: „Schau, hier kommen die Leitungen für das Frischwasser rein", ließ er Herlina an der Besprechung teilhaben. „Dort die Mandis und hier fließt das Brauchwasser in die *septic fields*, die Rieselfelder, wo das Wasser ins Erdreich absickert. So werden nebenbei die Palmen gewässert, diese verstärken auf ihre Weise den Boden mit ihrem Wurzelwerk und dienen nebenbei als Schutz bei Wind und Wetter", schloss er mit leuchtenden Augen.

Herlina liebte es, wenn er in seinem Element war. Er konnte auch technische Details so mitreißend darstellen, dass er sie mit seinem Elan ansteckte. „Genau, und vorher wird die Bewehrung im Erdreich verankert, damit die Bude nicht davonfliegt," warf Herlina spitzbübisch grinsend ein.

„Ha, du hast es erfasst, kleine Schwester", lachte Faomasi und boxte ihr spielerisch auf den Arm.

„Richtig, Herlina", lobte Daniel, eine Verbeugung andeutend. „Jetzt müssen wir nur noch die Arbeiter dazu bringen, auch bei Regen zu arbeiten, dann können wir gleich unter erschwerten Bedingungen checken, ob der Plan aufgeht, nicht wahr?", endete er, an Faomasi gewandt. Überzeugt nickten sie einander mit einem Abenteurerblick zu.

Da hörten sie einen Schrei von der Baustelle. Um einen am Boden liegenden Arbeiter bildete sich ein Grüppchen. Ein Mann beugte sich über ihn und nahm ihn vorsichtig hoch. „Wasser, gebt mir Wasser", rief der Verletzte, „frisches Wasser!" Ein wildes Gejammer und Gestammel erklang, die Männer sprachen alle durcheinander.

Faomasi drang als erster zu dem am Boden kauernden Mann durch: „Was ist los, was ist mit ihm, was hat er?", ging er die Helfer an.

„Ich weiß es nicht, *Pak* Faomasi, Durungai hier sagt, er habe Wasser aus dem neuen Brunnen getrunken."

„Ja, so ist es", röchelte Durungai.

„Aber so richtig erfrischt sieht er nicht unbedingt aus", bemerkte Faomasi.

„Haha, sehr witzig", mischte sich Herlina ein. Sie kümmerte sich um Durungai: „Was ist los, *Bang*? Hast du Schmerzen? Können wir etwas für dich tun?"

„Mir ist schlecht, *Ibu*. Ich fühle mich elend."

„Bringt ihn doch endlich aus der Sonne raus", unterbrach Daniel ungehalten.

Die Arbeiter packten den hilflosen Durungai so behutsam wie möglich und schleppten ihn zu einem kleinen Holzverschlag am Rand der Baustelle. Dort legten sie ihn ab und polsterten ihm den Rücken mit leeren und halbgefüllten Sandsäcken. Ein Arbeiter reichte ihm seine Feldflasche. „Hier, trink."

Durungai packte die Flasche wie ein Ertrinkender und spuckte das Wasser sofort wieder aus.

„Das Wasser ist vergiftet", rief er und schleuderte die Flasche in den Dreck.

„Was ist los? Woher ist das Wasser?", riefen die Männer durcheinander. Jemand hob die Flasche auf und schnüffelte daran. „Ich rieche nichts."

Er reichte sie Faomasi, der seine Nase reinsteckte. „Ich weiß nicht ... wir sollten sie mitnehmen. Bringen wir ihn runter nach Gunung Sitoli, der Arzt soll ihn sich ansehen."

„Ich komme mit", brachte sich Daniel ins Spiel.

Faomasi nickte und wandte sich ebenfalls zum Gehen: „Herlina, fahr zurück zum Haus und warte dort auf uns."

Während ein Teil der Arbeiter ebenfalls fortging, mit zum Krankenhaus oder lieber gleich *pulang*, nach Hause, blieb Herlina mit ein paar aufgebrachten Männern zurück.

„Das haben wir davon, dass wir hier Brunnen bauen, jetzt ist das Wasser kaputt" rief der Wortführer wütend, „Durungai hat bestimmt aus einem neuen Brunnen getrunken. Alles ist vergiftet, weil wir nicht auf dem Reisfeld sind."

„Aber er hat aus seiner eigenen Flasche getrunken", mahnte ein besonnen wirkender Mann.

„Ja und, du Dummkopf, vielleicht hat er sie ja hier aufgefüllt!", entgegnete ein anderer hitzig. Sie schaukelten sich gegenseitig hoch und schienen Herlina vergessen zu haben.

„Ja, die Brunnen sind vergiftet. Verflucht von den Geistern, weil wir hier auf heiligem Boden bauen. Darüber sind die Geister erzürnt!"

„Ach, wahrscheinlich hat *Pak* Faomasi einfach zu viele Brunnen gebaut, um sein verdammtes Hotel zu bewässern, und uns bleibt dann nichts mehr!"

Die Menge wurde zusehends unruhiger. Entgegen des friedvollen Namens ihrer Insel zeigten sich die Damaianer durchaus streitbar und wollten gleich eine alte Tradition aufleben lassen: Noch bis vor einem halben Jahrhundert waren die Inselbewohner Kopfjäger gewesen. Sechzig Jahre Missionierung und drei erledigte Missionare später galten sie als zivilisiert. Doch nun kochten die alten Emotionen hoch und die Männer drohten damit, jemanden zu köpfen. Sie riefen es aus, *chop-chop!* und machten eine deutliche Geste mit der rechten Hand vor der Kehle.

„Halt, beruhigt euch!", rief der besonnen wirkende Mann, der unversehens neben Herlina stand.

„*Pak* Faomasi ist ein guter Mann, Brüder! Wir werden herausfinden, was mit Durungai ist. Ruhig, Männer, geht nach Hause."

„Aber deine Oma ist doch selbst an dem vergiften Wasser gestorben, Mutazar", warf ein verschwitzter junger Mann neben ihm ein.

„Großmutter ist einfach alt geworden, mein Junge. Sie hat kein Wasser aus dem Brunnen hier getrunken. Ich sage euch, beruhigt euch und geht nach Hause."

Murrend bewegten sich die Arbeiter in Richtung der Straße.

„Danke", seufzte Herlina und fasste ihn leicht am Arm. „Das hätte auch anders ausgehen können."

„Ich heiße Mutazar", sagte der Mann, legte die rechte Hand auf die linke Brust, wo sein Herz saß, und verbeugte sich leicht.

„*Nama saya* Herlina, ich bin Herlina", stellte sie sich vor und wiederholte die respektvolle Geste.

„Pulang, *Ibu* Herlina, gehen wir nach Hause", sagte er und verabschiedete sich mit einer Geste. Herlina nickte und beobachtete, wie er auf sein Moped stieg und davonfuhr.

19 Im Dorf

Wenn das Schicksal die Herausforderung sucht, kommt sie um die Ecke. Ein Mopedfahrer schlingerte in der Kurve. Sein Helm war am Lenker befestigt und schlenkerte gefährlich. Das Band seines Helmes verfing sich in den Speichen. Der Fahrer knallte kopfüber zu Boden.

Herlina hielt an. Sie schnappte sich eine Flasche Wasser und rannte auf den Gestürzten zu. Der rappelte sich hoch und schaute verdutzt. Herlina hielt ihm den Kopf und sprach ihn auf Indonesisch an. „Alles okay, *Bang*?"

„Ja ja, danke. Ich weiß, *Bules* tragen Helme immer auf dem Kopf, bei uns ist's nur ein Spiel", grinste er schief und rieb sich dabei die verschmierte Stirn.

Herlina erkannte ihn: „Du bist..."

„Mutazar, Vorarbeiter von Faomasi", sagte er.

„*Dimana rumah*?"

„Ich wohne unten am Strand", antwortete Mutazar mit einem Kopfnicken in die Richtung.

„Ich begleite dich", sagte Herlina bestimmend.

„*Terima kasih, kakak*. Danke, Schwester."

Die beiden liefen runter zum Dorf am Strand. Der Verunglückte humpelte und Herlina stützte ihn. Als sie an einer Holzhütte angekommen waren, lud Mutazar sie auf einen Tee ein. Sie folgte ihm die drei Stufen hoch auf die Veranda und streifte vor dem Betreten des Wohnraums die Schuhe ab, wo schon ein Haufen Sandalen lag.

Beide hockten sich im Schneidersitz auf den Boden, Mutazars Frau Widawari schob einen niedrigen Tisch vor und stellte kleine Gläschen mit schwarzem Tee darauf. Sie setzte sich zu ihnen.

Mutazar erzählte, dass er und seine Nachbarn zurzeit viel beschäftigt waren. „Wir haben so viel Arbeit, weil wir Brunnen bauen. Eine Organisation hat's uns versprochen."

Herlina spitzte die Ohren. „Das klingt nach einer guten Idee."

„Ja, eigentlich ist's eine gute Idee, aber wir sind Reisbauern. Und wenn wir Brunnen bauen, kümmern wir uns nicht um unseren Reis." Er zuckte mit den Schultern.

Offenbar kamen einige Dorfbewohner mit der Doppelbelastung nicht zurecht und vernachlässigten beides. Deshalb leistete die Organisation Geld und Hilfe beim Brunnenbau.

„Mit der Zeit machten es immer mehr Leute so, bis es zum Streit kam?", riet Herlina.

„Ja, und irgendwann war das Wasser schlecht." Mutazars Frau nickte bestätigend.

„Ist deine Großmutter daran gestorben?"

„Vielleicht", antwortete Mutazar mit bebender Stimme und seine Frau ergänzte: „Sie hat Durchfall und Fieber gehabt und sich dauernd übergeben. Unsere Medizin hat überhaupt nicht geholfen, niemand aus der Familie wusste, was zu tun ist."

Mutazar schien sich nicht sicher, ob er seine Befürchtungen aussprechen sollte. Schließlich sagte er: „Die Leute sagen, die bösen Geister sind's, aus unseren neuen Brunnen, die machen schlimme Sachen."

Das gab Herlina zu denken. Wusste sie doch um die teils irrationalen Reaktionen ihrer Landsleute auf vermeintlich magische oder geisterhafte Kräfte.

„Am Anfang waren wir froh über das Wasser aus den neuen Brunnen", fuhr Mutazar fort. „Aber dann wurde es immer weniger. Immer tiefer musste ich buddeln für frisches Wasser. Und die Leute sagen, das Hotel vom Faomasi ist schuld."

Um herauszufinden, ob man dem *Bule* trauen konnte, war Mutazar vorgegangen und hatte sich als lokalen Berater empfohlen. Faomasi war begeistert gewesen, darauf habe er nur gewartet, wollte er den Einheimischen doch von Anfang an Transparenz beweisen. Die Dorfgemeinschaft stand diesen neuen Plänen aufgeschlossen gegenüber. Sie sollten durch die Arbeit auf dem Öko-Resort auch von den Touristen profitieren. „Der junge *Bule Setengah* und ich, wir waren gleich Freunde", versicherte er.

Da fühlte sich Herlina gezwungen, ihre Verwandtschaftsverhältnisse aufzuklären. „Weißt du, Mutazar, ich bin die Schwester von *Pak* Faomasi, wir sind tatsächlich *Bule Setengah*", fügte sie schmunzelnd hinzu.

Mutazar errötete. „Oh, wusste ich nicht."

„*Tidak apa apa*", beschwichtigte Herlina, „kein Problem."

Interessant, mal mit den *Locals* zu sprechen, dachte sie bei sich. Herlina trank ihren Tee aus, blieb noch eine Höflichkeitsviertelstunde und verabschiedete sich mit vielen Dankesworten. Mutazar sah sie aufrichtig an.

„Bitte glauben Sie nicht, was die Leute sagen. *Pak* Faomasi ist ein guter Mann, das weiß ich."

Unwillkürlich musste Herlina schmunzeln. Wenn er Faomasi auch so angesehen hatte, war es kein Wunder, dass der sofort Vertrauen zu ihm gefasst hatte.

20 Auf dem Markt

Herlina parkte das Auto in der kleinen Gasse hinter dem Markt. Kleine Jungs flitzten mit Einkaufstaschen vorbei, die sie gegen ein Trinkgeld den Kunden nach Hause brachten. Ein alter Mann zog einen wackeligen Leiterwagen hinter sich her, voll beladen mit frischen Früchten: Süßkartoffeln, Papayas, Avocados und Mangos. Hoch oben an den Holzpfosten der Markstände hingen gebündelte Chilis, Bananenstauden, silbern schillernde getrocknete Fische und Durian.

Zahlreiche Holzverschläge bildeten den heimischen Markt, mit Körben voller farbenfroher Gewürze und allerlei Tand. Lang gestreckte, durchhängende Holzbretter, zusammengezimmert aus abgezogenen Palmenstämmen und Bootsplanken, präsentierten frisches Gemüse und abgepackte Instantnudeln, *Indo Mie*, die Leibspeise aller Indonesier. Es war, als gehörte jeder Marktstand einem eigenen Universum an.

Mit *Mom* war sie damals in Medan auf den lokalen Märkten unterwegs gewesen und die Worte schlichen sich wieder in ihre Erinnerung. Herlina zählte die Waren in ihrer Muttersprache auf: Da lagen hochgetürmte Kohlberge – *bungkul*, Kartoffeln – *kentang*, Möhren – *wortel*, Ananas – *nenas*, Bananen – *pisang*.

Herlina hatte ihren Einkaufszettel im Kopf. Sie wollte heute ihre geliebte Sojasauce *Saus Kejab* mit frischen Zutaten vom Markt herstellen. Dazu sollte es Hühnchen in Kokosmilch geben und, extra für Daniel, Rosmarinkartoffeln. Vom Flughafen in Singapur hatte sie Olivenöl und eine weitere Flasche Rotwein in petto, die würde sie heute Abend auftischen.

Sie tauchte ein in ihre indonesische Vergangenheit und erlebte nochmals, wie ihre Mutter auf dem Markt das beste Gemüse begutachtete, mit den Verkäufern schwatzte, ein bisschen feilschte, hier und dort nachfragte, woher die Waren stammten. So kam sie mit einer aufgeschlossenen *Ibu* ins Gespräch, deren Familie ihren Marktstand schon seit Generationen betrieb. Sie erzählte, dass der ganze Nachbarschaftsmarkt wie eine große Familie sei. Die Waren kamen von den umliegenden Reisfeldern und Gemüsegärten; die Fische direkt aus dem Meer.

Herlina erinnerte sich, dass sie noch ein frisches Huhn mitnehmen wollte. Sie schob sich an den übervoll beladenen Steigen vorbei, blieb an einem Haufen Bohnen stehen und begann, einige Stängel auszuwählen. Die Marktfrau blickte ihr wohlwollend zu. Es war üblich, sämtliche Waren einzeln in

Plastiktüten zu stopfen und diese nach Gebrauch aus dem Fenster zu werfen. So flogen überall die kleinen schwarzen Plastiktüten umher, ein Wohlstandsfluch.

Herlina hatte ihre eigene Tasche dabei. Der Marktfrau war es recht. Während Herlina die Bohnen in ihre Tasche packte, huschte eine Ratte über die Gemüseberge. Herlina lief es kalt den Rücken herunter. Sie schätzte ab, wo die Ratte herkam. Wohl nicht aus den Bohnen, na gut. Sie zahlte mit bräunlich verfärbten, an den Seiten abgewetzten und zerknitterten Rupiah-Scheinen.

Die Marktfrau zählte umständlich nach. Mit rotverschmiertem Mund fletschte sie die Zähne zu einem breiten Grinsen. Herlina realisierte, dass die Frau keineswegs Blut spuckte, sondern nur Betel kaute, die Volksdroge. Selbst kleine Kinder nagten an ihrer Betelnuss wie andere an einem Schnuller. Als Kind hatte Herlina geglaubt, die Leute seien krank, bis ihr irgendwann einleuchtete, dass dies schlicht das entsetzliche Antlitz der Armut war.

Betel wirkte berauschend wie Koka, gab Energie auf den Reisfeldern, im Gemüsegarten, auf dem Markt, beim Riksha fahren, Steine klopfen, Kokosnuss hacken, beim Säcke schleppen, Lastwagen fahren, Kautschuk schneiden und beim Hühnerfüttern.

Herlina stand vor dem Hühnerhändler. Um ihn herum gackerten zerzauste, magere Hühner unter einem geflochtenen, halbrunden Käfig: Man setzte das Halbrund von oben auf die Hühner, wenn sie nah beieinanderstanden. So konnte man von oben eines auswählen. Herlina zeigte auf ein Weißes, es erinnerte sie an ein sauberes, deutsches Huhn. Als sie gewählt hatte, griff der Mann beherzt in den Käfig, packte das lebendige Huhn an den Krallen, hob es mit Schwung heraus und schlitzte dem Tier mit einer geübten Bewegung die Kehle auf, bevor es auch nur Gackern konnte. Er holte weit aus, haute es auf ein Brett und hackte den Kopf ab, der sogleich in einen kleinen Eimer mit weiteren Hühnerköpfen landete. Eine wildgescheckte Katze mit Knickschwanz kauerte daneben, krallte sich den blutigen Kopf und fetzte davon.

Herlina schluckte, lächelte aber tapfer. Hier überlegte sie sich noch gründlicher als in Deutschland, wann und ob und wie sie Fleisch essen mochte. „Ich nehme noch ein paar Zwiebeln, *Bang*."

Er nickte, bevor er sich umdrehte und das Huhn zum Ausbluten weghängte. Aus dem offenen Hals floss dick das warme Blut in eine abgegriffene, blecherne Schüssel. Das kostbare Blut wurde ebenfalls aufbewahrt und für eine frische Suppe zwischendurch mit frisch gehackten Frühlingszwiebeln, Chilis und Koriander, vielleicht etwas Ei, schnell aufgekocht.

Der Mann machte sich an die Zwiebeln und packte sie nach dem Abwiegen gleich in Herlinas Tasche. „Woher kommen Sie?", fragte er in der neugierigen Art der Indonesier. Da es so viele verschiedene Stämme gab, war es üblich, einander zunächst nach der Herkunft zu fragen, welche Sprache, welche Insel, welcher Stamm, verheiratet, wie viele Kinder und so weiter. Herlina gab bereitwillig Auskunft.

„Es ist gut, dass Sie ein weißes Huhn ausgewählt haben, das wird die Geister besänftigen", wechselte er vertraulich das Thema.

„Warum das denn, *Bang*", antwortete Herlina verblüfft.

Sie wusste natürlich um die spirituelle Verbundenheit der Landbevölkerung mit den Geistern. So gab es auch heute noch in fast allen größeren Siedlungen einen hochgeachteten, traditionellen Schamanen.

„Auf dem Markt wispern die Menschen Gerüchte, von dem Aufruhr unter den Geistern. Wieder andere raunen von vergifteten Brunnen. Die Geister haben sie vergiftet, sagen sie, weil sie uns zürnen. Wo sie es nicht vergiften, entziehen die Geister den Brunnen das Wasser, so sagt man. Wir haben unser Land vernachlässigt und das Grundstück mit dem ehemaligen Friedhof an den Fremden verkauft. Dort befand sich einst unsere heilige Stätte, wo die Geister und Ahnen begraben liegen", fügte er verschwörerisch hinzu.

„Wie kommen denn die Leute auf diese Gedanken, *Bang*?", fragte Herlina erstaunt.

„Seit die hochverehrte *Ibu* Ryka hier ihre Brunnen baut, heben wir immer mehr und haben zugleich immer weniger Wasser. Und auf der anderen Seite der Insel, dort wo Ihr *Abang* baut, ist das Wasser vergiftet", schloss er ganz selbstverständlich.

Herlina wusste nicht so recht, was sie darauf antworten sollte. „Nun, dann ist es ja gut, dass ich ein weißes Huhn gewählt habe", sagte sie, bezahlte und ging.

Sie fühlte sich schwindelig und griff in ihre andere Tasche. Ach, kein Wasser dabei. Nun, hier wird es ja wohl etwas von Rykas besonderem Wasser geben, dachte sie und schaute in die kleinen Lädchen. Dort stand überall die weltbekannte Wassermarke eines großen Herstellers, mit dem dunkelblauen Schild auf hellblauem Grund, weiße Blockschrift, rot umrahmt. Aber keine der Flaschen gab einen Hinweis darauf, dass sie aus Rykas Projekt stammen könnte. Die Leute werden es wohl bei sich zu Hause lagern und nicht hier verkaufen. Herlina griff zu einer Flasche mit einem grün prangenden B, zahlte und lief zum Wagen.

„Herlina!", rief jemand ihren Namen. Sie drehte sich erstaunt um und suchte in der Menge, wer nach ihr gerufen hatte. „Hier bin ich." Herlina schaute in die Richtung, wo eine junge Frau winkte. Sie liefen einander mit offenen Armen entgegen.

„Schon wieder so ein Zufall", lächelte Ryka.

Die beiden umarmten einander.

„Wow, toll dich zu sehen", freute sich Herlina.

„Also bist du meiner Einladung doch gefolgt." Ryka grinste siegessicher.

Herlina antwortete betont gutgelaunt: „Nach unserem Gespräch habe ich verstanden, dass ich noch einiges zu erledigen habe auf der Insel. Insofern muss ich mich bei dir bedanken, dass du mich auf die Idee gebracht hast."

Mit Genugtuung in der Stimme sagte Ryka: „Also wiederhole ich die Einladung: Komm doch mal vorbei."

„Gerne. Dann können wir auch über die ganzen seltsamen Dinge sprechen, die hier auf der Insel geschehen."

„Was meinst du?" Rykas Blick verdunkelte sich.

Herlina berichtete kurz von dem Vorfall auf der Baustelle, ließ aber die Gerüchte über Rykas Projekt aus. Ryka schaute sich nervös um. „Ich muss jetzt los, wir sehen uns."

Herlina schaute ihr nach, wie sie in der Menge verschwand. Kopfschüttelnd verstaute sie die Sachen im Kofferraum und setzte sich ans Steuer.

Obwohl Herlina und Ryka in ihrer Schulzeit gute Freundinnen gewesen waren, war es doch immer wieder zu Spannungen gekommen. Herlina hatte nicht lange gebraucht, um dahinter zu kommen, dass Ryka auch aus Berechnung die Freundschaft mit ihr gesucht hatte, um Faomasi näherzukommen.

Auf eigentümliche Weise hatte ihr das gefallen. Immerhin war sie selbst stolz auf ihn gewesen und hätte sich bestimmt auch in ihn verliebt. Obwohl sich Herlina nicht über mangelndes Interesse seitens ihrer pubertierenden Mitschüler beschweren konnte, fühlte sie sich geschmeichelt und elektrisiert bei dem Gedanken, seinetwegen noch interessanter zu wirken. Wie das so ist bei Fünfzehnjährigen, wenn man beginnt, sich und die Umwelt zu entdecken, die Wirkung, die man auf andere ausübt, zu steuern versucht und mehr über die Verhaltensweisen und emotionalen Knäuel anderer erfahren will.

Durch ihre exotische Herkunft galten die Geschwister stets als die Unbekannten, Unberechenbaren und ein kleines bisschen Verruchten, was Herlina damals sehr genoss. Sie wusste, sie war anders als die anderen, und sie wollte auch gern anders sein. Umso reizvoller war es gewesen, in Kombination mit ihrem bemerkenswerten großen Bruder Aufsehen zu erregen. Schon allein ihr deutscher Nachname mit ö war für manche Mitschülerinnen ein Grund, Faomasi heiraten zu wollen.

Als Ryka sich ihrer mehr oder weniger unauffällig näherte, spürte Herlina zum ersten Mal ihre Macht über einen anderen Menschen. Sie genoss es und gleichzeitig lief ihr dabei ein Schauer über den Rücken, weil es ihr verboten vorkam. Sie schüttelte sich bei dem Gedanken daran, wie manipulativ sie gewesen war. Herlina scheuchte den Gedanken weg. Das war lange her. In der Zwischenzeit hatte Ryka ein respektables Projekt aufgebaut. Herlina dagegen war verletzlich wie nie zuvor.

Herlina trommelte auf das Lenkrad. Sie war jetzt hier auf Damai. Sie wollte Daniel unterstützen. Sie wollte Faomasi, nun ja, zumindest beobachten und im besten Falle loben für sein wegweisendes Projekt. Und Ryka? Wenn sie ehrlich zu sich war, war sie während ihrer Freundschaft häufig überfordert gewesen von Rykas zwiespältiger Haltung. Nichts ist verheerender als sich zwischen der Liebe zu den Eltern und dem Geliebten entscheiden zu müssen. Rykas Eltern hätten einer Beziehung zu Faomasi niemals zugestimmt. Leider hatten beide nicht den Mut, es trotzdem einfach miteinander zu versuchen.

Aber das war lange her. Herlina beschloss, Ryka eine Chance zu geben und fuhr los, nach einem Seitenblick, in den quirligen Verkehr.

21 Verdächtigungen

Herlina schnippelte eine Frühlingszwiebel und zwei Chilis klitzeklein. Dann presste sie eine Limette aus und gab etwas Sojasauce hinzu. Sie probierte die *Saus Kejab* und stieß einen wonnigen Jauchzer aus. Genau richtig die Schärfe.

Während sie die Sauce wegstellte, drifteten ihre Gedanken ab. Irgendetwas hatte ihren Spürsinn geweckt, doch sie kam nicht darauf. Sie ging die Ereignisse gedanklich noch einmal durch und überlegte, was daran nicht stimmte.

Der Vorfall auf der Baustelle. Ryka auf dem Markt. Das angeblich vergiftete Wasser. Irgendwo mussten die Gerüchte ja ihren Ursprung haben. Herlina dachte weiter nach. Ihre Spürnase führte sie zur nächsten Schlussfolgerung: Dieses Label der Wasserflasche aus dem kleinen Laden am Markt hatte sie schon mal irgendwo gesehen. Sie hielt inne. Moment mal. War das nicht das Label von *Berair Industries*? Warum verkauften die auf einer kleinen Insel wie Damai, weit weg von Jakarta, ihr Wasser? Herlina stieß das japanische Messer in die Luft. „Irgendwie stecken die da mit drin", sagte sie laut.

„Worum geht's hier eigentlich, Herlina", schaltete Daniel sich ein, „witterst du schon wieder eine Story? Ich dachte, du bist froh, dass du das alles erst mal hinter dir hast." Er machte sich am Rotwein zu schaffen. „Du trinkst ein Glas?"

Mit Schwung zog er den Korken aus der Flasche. Sie lächelte, „gerne, *Sayang*."

Er füllte die Gläser und sprach: „Auf deinen Mut, wieder nach Indonesien zu kommen, Darling. Ich bin wirklich stolz auf dich."

Mit feierlicher Geste hielt er ihr das Glas zum Anstoßen hin. Herlina prostete ihm zu, nahm einen Schluck und bekam Schluckauf. „Da denkt jemand an

dich. Wer mag es wohl sein? Dein Ex-Chef vielleicht?",
neckte er sie.

„Ach, hör bloß auf. Ich bin so unendlich froh, dass ich
diesen Idioten endlich los bin. Mein Gott, das war
wirklich die Schule meines Lebens. Vermutlich werde
ich eines Tages bei irgendeiner Katastrophe müde
lächeln und sagen: Es gibt Schlimmeres."

Sie legte den Kochlöffel beiseite und umarmte Daniel
fest. Die Insel tat ihnen gut. Tat ihm gut. Er wirkte so
aufgeräumt. Schön, dass er hier eine erfüllende Aufgabe
gefunden hatte. Mehr wollte sie nicht, als ihn glücklich
zu sehen. Hierfür war sie schließlich sogar wieder nach
Indonesien gekommen.

Sie wechselte das Thema: „Wie ging denn die Sache
mit Durungai aus?"

Er nahm wieder sein Glas. „Ach, weißt du, ich glaube
wir genießen jetzt einfach mal unseren Abend zu zweit!"

Sie widmete sich wieder ihren Chilis. Die *Saus Kejab*
war eben in den Kühlschrank gewandert, jetzt bereitete
sie weitere Chilis und Spitzpaprika für das *Sambal* vor.

„Was gibt's denn Feines", fragte Daniel, während er
sich ein Stück Ananas schnappte.

„Die *nenas* hier sind für den *Happy Chili Salad*. Was
dort vor sich hin köchelt, ist ein frisches Huhn, das vor
meinen Augen geköpft wurde. Nur für uns heute
Abend."

Sie hob den Deckel vom Wok und blies Daniel eine
Kokosmilch-Chili-Hähnchen-Zitronengras-Wolke   ins
Gesicht.

„Hmm, das duftet ja verheißungsvoll."

Er nahm sie zärtlich in die Arme. „Ich bin wirklich
sehr froh darüber, dass du hergekommen bist, Darling.
Natürlich weiß ich, wie schwer das für dich ist."

Er drückte ihr einen innigen Kuss auf die Lippen. Herlinas Herz klopfte bis zum Hals. Jetzt gab er wieder den charmanten Engel. Sie schüttelte den grauen Gedanken weg, schmiegte sich an ihn. Dann bemerkte sie das Blubbern im Topf und machte sich los.

„Moment, ich muss umrühren." Sie nahm den Kochlöffel. „Gab es neuen Ärger auf der Baustelle?" Widerwillig antwortete Daniel: „Du kennst ja deine Landsleute. Irgendjemand hat was von bösen Geistern geschwafelt und dann sind sie alle schier durchgedreht." Er setzte sich an den Tisch.

„Ach ja, wer denn? Und warum?"

„Naja, die Leute aus dem Dorf haben eben gewütet. Du weißt doch, wie die sich manchmal reinsteigern."

„Aber irgendwas ist trotzdem hier faul. Wenn die Leute reden, muss es ja einen Anlass gegeben haben."

Daniel verdrehte die Augen. „Oh, da ist schon wieder der Herlinablick. Lass es gut sein. Da ist nichts."

Herlina schwieg und kümmerte sich wieder um ihr *Sambal*. Dazu ließ sie kleingehackte Zwiebeln in der Pfanne glasig werden. In einer anderen Pfanne brutzelte die Spitzpaprika, bis sie sich golden verfärbte. Sie freute sich jetzt schon darauf, wenn am Ende die Limettenblätter ihren aromatischen Duft verbreiten würden.

„Ich habe heute auch Gerüchte gehört, auf dem Markt in Gunung Sitoli, wo ich die Zutaten für dieses leckere Abendessen gekauft habe. Und ich habe mit Faomasis Vorarbeiter Mutazar gesprochen. Sie berichteten alle von schlechtem Wasser auf der Insel."

Daniels Gesicht verdüsterte sich. Er ließ die Gabel fallen. „Schnüffelst du jetzt hier auf der Insel rum, oder was?"

„Was heißt hier schnüffeln. Ich habe nur mit ein paar Leuten gesprochen. Du würdest doch auch mit deinen Landsleuten einen Tee trinken, oder?" Sie wusste, dass er dies nicht tun würde.

Daniel stemmte die Hände in die Hüften. „Musst du dich gleich den Arbeitern verbrüdern? Du bist ja genauso hysterisch wie die! Damit verschärfst du noch die Gerüchte!"

Herlina starrte ihn mit aufgerissenem Mund an. „Wie bitte? Wer ist hier hysterisch? Das sind schließlich meine Landsleute und nicht deine Sklaven!" Sie schmiss den Kochlöffel hin und stürmte aus der Küche. Mit voller Absicht knallte sie die Tür so zu, dass das ganze Haus zitterte. Ein Erdbeben war nichts gegen die unbändige Wut, die in ihr grollte. Und auch ihre Zimmertür musste ordentlich knallen.

Mit klopfendem Herzen saß sie am Schreibtisch. Unmöglich, wie Daniel sich benahm. Herlina verstand die Welt nicht mehr. Sie griff zum Telefon, um Gila zu schreiben, überlegte es sich aber anders. Sie wollte nicht zugeben, dass sie dem elenden Gezanke nicht entkommen war.

Sie lauschte auf die Geräusche und hörte, wie Daniel in der Küche mit dem Geschirr klapperte. Anscheinend verputzte er seelenruhig das leckere Abendessen. Wie konnte er nur? Während sie noch abwog, vielleicht doch wieder nachzugeben, um den Abend zu retten, hörte sie, wie die gegenüberliegende Tür leise geschlossen wurde. Kurz darauf erklang die Fanfare eines Blockbusters aus dem Nebenzimmer.

Herlina warf sich auf ihr Bett und schlüpfte unter das Laken, ohne sich auszuziehen und das Moskitonetz zu schließen. Im Rhythmus mit den Brechern des Meeres,

die ihr heute viel lauter vorkamen als gestern, weinte sie
sich in den Schlaf. Hinter dem Haus quakte im Sumpf
ein Kanon aus tausenden Fröschen. Herlina träumte, sie
lachten alle über sie.

22 Brunnen

Mit dem ersten Hahnenschrei wälzte sich Ryka aus
dem Bett. Im Morgengrauen erhob sich die Sonne aus
einem funkelnden, samtschwarzen Kissen und breitete
sich aus wie ein strahlendes Lächeln auf einem
Kindergesicht.

Ryka stellte den Wecker ab, der erst um halb sieben
klingeln sollte. Bekreuzigte sich flüchtig und vergaß
auch heute nicht, ein kurzes Stoßgebet zum Himmel zur
richten. Zog eine ihrer grauen Hosen unter die
traditionelle *Kurta*, die sittsam das Gesäß bedeckte.
Bändigte die langen glatten Haare zu einem Dutt. Zog
energisch Zahnseide zwischen die Zahnzwischenräume
und putzte drei Minuten lang die Zähne. Strich das
Laken glatt, rückte den Stuhl akkurat vor das Lesepult.

Nach einem hastigen Kaffee zog sie unten im Büro ein
paar Unterlagen heraus. Dann machte sie sich am Tresor
zu schaffen, verstaute einige Dokumente in ihrer Tasche,
verschloss sorgfältig die Haustür und begab sich auf den
Weg nach Fahandoma, um Durungai einen Besuch
abzustatten.

Als sie im Dorf ankam, hörte sie aufgeregte Stimmen.
Die Dorfbewohner standen um einen Brunnen herum,

den *Siraman* dort als einen der ersten gebaut hatte. Gerade verkündete ein stämmiger Mann mit einer Stimme wie ein Donnergrollen: „Seitdem wir hier die Brunnen gebohrt haben, geht gar nichts mehr voran. *Ibu* Ryka hat uns versprochen, dass wir mit den neuen Brunnen auch unsere Reisfelder wässern können. Dabei kommt hier weniger raus als aus der Notversorgungspumpe nach dem Tsunami. Wenn das so weitergeht, können wir uns auch wie die armen Teufel aufhängen. Sie hat gesagt, die neuen Wasservorräte seien unerschöpflich." Er deutete auf den Inhalt der Galone: „Da, seht, was wir hier herausholen. Fast nichts!"

Eine weißhaarige Alte drängte sich vor: "Durungai hat vergiftetes Wasser getrunken." Mit spitzem Zeigefinger deutete sie auf den Brunnen: „Wasser aus diesem Brunnen."

Rykas Puls beschleunigte sich, als ein anderer Mann in verschwörerischem Ton weitersprach. „Das Wasser ist nicht so, wie *Ibu* Ryka es versprochen hatte. Als wir nur den Gemeinschaftsbrunnen hatten, mussten wir weit laufen, aber wir hatten gutes Wasser. Jetzt ist das Wasser schneller weg, als wir Brunnen bauen können." Jetzt hatte er die Aufmerksamkeit der Gruppe. „Und ich weiß auch, wer dafür verantwortlich ist!"

„So oft, wie der *Bupati* hier auftaucht, hat der seine Hände im Spiel! Oder warum sollte er aus seinem feinen Palast in Medan hierherkommen, nur um ein paar lumpigen Reisbauern dabei zuzusehen, wie sie Wasser schöpfen? Ich sage euch, da stimmt was nicht."

„Was stimmt nicht, *Bang*?", trat Ryka hervor. Alle drehten sich ruckartig um.

„Da stimmt was nicht mit Durungai", sagte der Wortführer. „Er wurde vergiftet."

Ryka schaute ihn so bekümmert an, als habe sie die Nachricht eben erst erhalten. „Davon habe ich gehört. Und ich weiß, er arbeitet auf der Baustelle von dem *Bule Setengah.*"

Wie nebenbei öffnete sie ihren Dutt und befreite die glänzenden langen Haare. Dann schob sie seidige Pracht wie einen Vorhang hinter die Ohren und setzte eine kumpelhafte Mine auf. Die Dorfbewohner hingen erwartungsvoll an ihren Lippen. „Die Brunnen dort sind nicht in Ordnung", raunte sie ihrem Publikum zu.

Ihre Stimme war nur noch ein Flüstern. „Behaltet das unbedingt für euch, ich will keinen Ärger. Aber ich glaube, der *Bule* hat unsere Quellen angezapft, damit sich die Touristen ihre weißen Ärsche mit unserem Wasser waschen können. Die Leute hier sind ihm egal."

Sie breitete die Arme aus und fuhr mit einem Lächeln fort: „Aber ich sorge für euch. Falls bei uns etwas nicht stimmen sollte, würdet ihr mir es doch sagen, oder?"

Alle nickten einstimmig. „Aber natürlich, *Ibu* Ryka, auf dich ist Verlass!"

Jemand ergänzte: „Ich habe von Anfang an gewusst, dass diesem *Bule* nicht zu trauen ist." Die Gruppe murmelte zustimmend.

„Ja, du hast recht", bestätigte ein Mann, „seitdem die Bauarbeiten im Gange sind, haben wir kein frisches Wasser mehr. Und auch die neuen Brunnen leiden darunter."

Ein anderer pflichtete ihm bei: „Der verdammte *Bule* wird das noch büßen!" Einige warfen die Galonen weg und schnappten sich schwere Holzstöcke. Damit stürmten sie los in Richtung Faomasis Resort.

Blitzschnell stellte Ryka einem Mann ein Bein. Der stolperte und ruderte mit den Armen in der Luft. Bevor er fallen konnte, zerrte Ryka ihn am Kragen hoch. „Halt, seid ihr verrückt?", und schrie ein Kommando, damit die Menge stehenblieb. Die Männer drehten sich verdattert um. „Ihr könnt doch nicht losrennen und Krawall machen. Was wollt ihr denn? Den *Bule* köpfen? Lasst mich das regeln, ich spreche mit dem Bupati!"

Die Leute schrien durcheinander und wollten sich nicht aufhalten lassen. Ryka herrschte den Wortführer an, er solle sich jetzt gefälligst beruhigen. Der stämmige Mann schnaufte gepresst. Ryka konnte die Wut riechen, die sich in ihm ausbreitete wie ein Waldfeuer bei der Brandrodung. Sichtbar rang er um Beherrschung.

„Gut, sprich mit dem Bupati, *Ibu* Ryka. Aber mit dem *Bule* sind wir trotzdem noch nicht fertig!" Er hob die Hand zu einer Drohgebärde und stapfte laut schimpfend zurück zu seinem Haus. Ein Scheppern kündete davon, dass er mit Wucht irgendwo dagegengetreten war.

23 Tarnung

Der Jeep holperte den buckligen Feldweg entlang. So unstet wie die Piste voller Schlaglöcher, so verworren waren auch Herlinas Gefühle. Am liebsten wollte sie sofort wieder weg hier, zurück nach Berlin. Die beiden Herren waren natürlich wieder auf der Baustelle.

Diesmal hatte niemand einen Zettel hinterlassen. Ob sie wohl überreagiert hatte gestern Abend?

Vor ihr lag die staubige Strecke. Die Schlaglöcher waren so tief und breit wie Badewannen. In der Regenzeit musste die Schlammpiste ohne Allradantrieb nicht zu bewältigen sein.

Da flatterte ihr geliebter Papilio vorbei. Seine satten Farben Schwarz und Grün passten sich ausgezeichnet dem Dschungel an. Selbst das leuchtende Grün war in seinem natürlichen Umfeld im Farbenspiel mit der Sonne eine gute Tarnung. Der samtmatte, schwarzumrandete Tropfen am unteren Ende eines jeden Flügels erinnerte Herlina an eine blauschimmernde Träne.

An einer Abbiegung nahm sie Kurs auf Rykas *Compound*. Hier war es üblich, dass die Leute zu Hause waren, man musste sich nicht zwangsläufig vorher anmelden. Die Türen waren für gewöhnlich unverschlossen. Auch nachts schob man nur einen Holzriegel von innen vor, den man leicht lösen konnte. So waren Einbrecher abgehalten und doch ein schneller Weg nach draußen offen, sollten Erdbeben oder andere Naturkatastrophen eintreten. Herlina war sich nicht sicher, ob Daniel daran gedacht hatte, auch in ihrem Haus solche Riegel anzubringen.

Am Tor war ein Schild mit der Aufschrift *Siraman* angebracht. Herlina wusste, dass Ryka hier lebte und arbeitete. Vor dem Haus stand der obligatorische Jeep, ohne den die Wege hier unpassierbar waren. Herlina betrat den schattigen Vorbau und klopfte an Rykas Büro. Helle Streifen fielen durch die Ritzen der groben Holztür. Ein Stuhl wurde zurückgeschoben. Schritte. Eine erschöpft wirkende Ryka kniff die Augen zusammen. „Herlina", sagte sie sichtlich erstaunt. Sie lächelte zaghaft.

Wie in alten Tagen umarmten sie sich zur Begrüßung. Ryka drehte sich halb gebeugt zur Seite, um mit einer fließenden Bewegung wie eine Primaballerina Einlass zu gewähren. Herlina streifte die Schuhe ab und betrat Rykas Reich.

Das kleine Holzhaus barg nur die nötigsten Einrichtungsgegenstände. Der große Raum mit den groben Holzdielen war dominiert von einem geordneten Schreibtisch, ein Bildschirm mit einem Excel-Arbeitsblatt darauf, daneben das Mobiltelefon und vier akkurat übereinandergestapelte Ablagefächer. Die leeren Schreibtische in den beiden Nebenräumen wirkten verlassen. Rings an den Wänden gegenüber der Fensterseite ließen Rollcontainer keinen Zweifel daran, dass ihr Innenleben so aufgeräumt war wie Rykas ganze Erscheinung im nüchternen grauen Outfit. Sie hätte auch in einem Büro in Jakarta sitzen können. Dass tatsächlich Ryka hier arbeitete, bewiesen lediglich ein paar eingerahmte Zeitungsausschnitte über dem Schreibtisch, darunter der Bericht, den Herlina schon im Internet entdeckt hatte, sowie einige Urkunden.

Mit schnellen Schritten war Ryka am Schreibtisch, schaltete den Computer in Ruhefunktion, während sie Herlina den einzigen freien Stuhl anbot. „Hast du schon *Nasi Puti* gegessen?"

„Danke, ich bin nicht hungrig. Aber vielleicht kann ich ja etwas von deinem berühmten Wasser bekommen," erwiderte Herlina fröhlich.

Augenblicklich nahm Ryka eine abwehrende Haltung ein. „Bist du auf Streit aus?"

„Nein, warum. Stimmt denn was nicht damit?"

„Das ist doch wirklich ein sehr großer Zufall, dass ihr beide eure Nasen in meine Angelegenheiten stecken müsst", polterte Ryka. "Warum könnt ihr nicht auf einer unserer anderen siebzehntausendfünfhundert Inseln euer Utopia schaffen? Aber nein, natürlich kann dein sauberer Bruder es nicht lassen, mich in einer Bar in Jakarta abzufüllen, um den Standort meines Projekts aus mir herauszukitzeln. Und kaum hatte er seine Informationen, lässt er mich mit so einem dämlichen *Bule* zurück, der mich auch noch blöd anmacht. Der hielt mich wohl für eine indonesische Nutte. Na vielen Dank." Sie verschränkte die Arme.

Herlina schaute sie verständnislos an. „Du denkst doch hoffentlich nicht, dass ich nur deinetwegen hier bin? Es hat sich eben kurzfristig ergeben, dass ich auf diese Insel gekommen bin. Du weißt doch, was in meiner Familie vorgefallen ist. Sag doch einfach was los ist, Ryka."

Ryka stampfte mit dem Fuß auf. „Was los ist? Ich betreue hier ein umfangreiches *Livelihood Project* auf der Insel und du kannst dir vorstellen, dass ich gute Kontakte zu den Einheimischen pflege. Sie haben mir erzählt, dass Faomasi heimlich Quellen anzapft, die er für sein Öko-Resort abzweigt. Und jetzt? Die Leute können ihre Felder nicht mehr bewässern, Existenzen sind bedroht. Familienväter, einfache Bauern hier im Ort haben sich umgebracht, weil sie nicht mehr in der Lage waren, sich und ihre Familien zu ernähren."

Ryka bebte vor Empörung. „Dein feiner Bruder hat hier viel mehr Wasser abgepumpt als eigentlich erlaubt wäre. Meine Untersuchungen haben ergeben, dass wesentlich mehr Wasser verbraucht wurde, seitdem er hier sein tolles Öko-Hotel baut, und dass die

137

Bevölkerung zusehends an Wassermangel leidet, obwohl wir von *Siraman* uns ein Bein ausreißen, um so viele Menschen wie möglich mit Wasser zu versorgen."

Sie schluchzte auf. Herlina zupfte an ihrem Ärmel. So einen emotionalen Ausbruch hatte sie nicht erwartet. Sie versuchte, irgendetwas zu sagen, das Ryka nicht verletzte.

„Es tut mir leid Ryka, ich wollte dich nicht angreifen. Ich war verwirrt durch diese seltsamen Geschichten um das angeblich vergiftete Wasser, da dachte ich einfach, du wärst die richtige Ansprechpartnerin hier, vor allem weil wir schließlich mal Freundinnen waren." Sie stockte. „Aber deine Anschuldigungen sind echt heftig. Bist du dir sicher?"

Ryka machte eine abwehrende Geste. „Ist schon gut. Vergiss es. Es tut mir leid. Ich musste mich nur mal abreagieren. Vielleicht sehe ich auch nur Gespenster. Geh nur, ich komme schon zurecht."

Herlina ließ sich von Ryka zur Tür bringen. Sie fühlte Rykas versteckten Befehl, zu gehen. Als sie ihre Schuhe angezogen hatte, drehte sich Herlina noch einmal um und lächelte aufmunternd. „Hey, ich bin mir sicher, dass wir die Sache aufklären, okay?"

Ryka antwortete mit einem schnellen Nicken und verschwand hinter der Tür.

Mit schweren Schritten überquerte Herlina den unbefestigten Hof. Loses Gras bewegte sich in der leichten Brise am Boden. An der Wagentür blieb sie stehen und schaute sich noch einmal zum Haus hin um. Offenbar hatte Ryka sich darin verbarrikadiert. Herlina seufzte und stieg ein. Automatisch fasste sie an den Schlüssel, um den Wagen zu starten. Mitten in der Bewegung brach sie ab. Sie lehnte sich zurück und atmete tief durch, um den Kreisel in ihrem Kopf zur Ruhe zu bringen.

In den Schwingen einer Kokospalme über ihr begann der *Tekukur* sein irres Tirilieren. „Tü – tü – tü – tütütütü", skandierte er abgehackt. Da war sie wieder, diese zu schnell laufende, zerkratze Langspielplatte in Endlosschleife. Was ist auf dieser Insel eigentlich los? Warum war Ryka so aggressiv? Sie wirkte gehetzt, getrieben, ausgebrannt.

Herlina schlug den holprigen Sandweg ein, entlang der alten Palmen. In der einsetzenden Dämmerung wirkten sie wie Vogelscheuchen, die den Weg wiesen. Spitzgezackt aus nachtschwarzen Pfeilen ragten sie in den taubenblauen Abendhimmel. Während sie den immer schmaler werdenden Pfad entlangfuhr, schmunzelte sie bei dem Gedanken, dass es unmöglich war, sich hier zu verfahren. Auf der Insel gab es im Prinzip nur eine Hauptstraße. Angesichts der tatsächlichen Situation war Hauptstraße eine Übertreibung. Da war nur diese eine Hauptroute von Süden nach Norden, am Hafen entlang zur Hauptstadt

Gunung Sitoli, was auf Indonesisch „großer Berg" bedeutete und doch nur eine sanfte Anhöhe von etwa vier Metern über dem Meeresspiegel meinte. Beim Tsunami hatte der große Berg viele Leben gerettet.

Undeutlich erinnerte sie sich an eine alte Karte mit verschlungenen Wegen auf der Insel. Sie hatte versucht, die einzelnen Dörfer nahe der Baustelle im Kopf zu behalten. Allerdings konnte sie die Namen der Dörfer wie Uluidanoduo oder Fahandoma oder Sogawonasi nicht auseinanderhalten. Da musste es doch auch einen Schleichweg zu ihrem Haus am Strand geben. Nicht, dass die Hauptstraße etwas anderes als ein Schleichweg gewesen wäre. Aber da war noch ein Pfad, der die beiden Grundstücke im Hinterland verband; nicht vorne an der Küste entlang, sondern ein Geheimweg durch den Dschungel.

„I made it through the wilderness", sang sie laut. Vor ihr gabelten sich zwei Wege. Etwas zu abrupt trat sie auf die Bremse und blieb mitten im Dschungel stehen. Im Handschuhfach kramte sie nach einer Karte. Hier war an Google Maps nicht zu denken. Hmm, mal sehen. Ach so, hier sind wir. Alles klar. Sie prägte sich den Verlauf gut ein und wollte die Karte wieder zusammenfalten, als ein schwer beladener Mini-Truck auftauchte. Der Fahrer hob seine Mütze und winkte zum Dank, dass Herlina ihn vorbeiließ.

Ob hier auch Laster fahren dürfen? Aber natürlich, in Indonesien gehen viele Dinge, die anderswo unmöglich wären. Der Laster hatte bestimmt keinen TÜV. Sie würde zwar nicht damit fahren wollen, aber er funktionierte. Sie wischte sich den Schweiß von der Stirn und klappte den Spiegel runter. Während sie sich die zerzausten Strähnen aus dem Gesicht strich, betrachtete sie den sich in den Urwald entfernenden Laster. Voll bepackt mit langen, dicken Rohren. Solche Rohre erinnerten an jene von den unzähligen Baustellen in Berlin. Waren das Wasserrohre? Ob die Dörfer wohl direkten Zugang nach Hause bekamen? Richtiges Trinkwasser aus der Leitung? Leider gab es hier, wie auf vielen anderen Inseln Indonesiens, keine zentrale Wasserversorgung. Aber der Laster fuhr nicht nach Gunung Sitoli. Wohin die Lieferung wohl gehen sollte?

Aus einem Impuls heraus stieg sie hart auf die Bremsen, wendete scharf und folgte dem Fahrzeug langsam. Nach einiger Zeit dämmerte ihr, wo es hinwollte.

Herlina stoppte den Jeep in einem dicht bewachsenen Palmenhain, huschte geduckt durch die Büsche und versteckte sich im Dickicht. Der Lastwagen hatte am Sperrgebiet rund um den Vulkan gehalten. Ein Uniformierter öffnete die Schranke und winkte das Fahrzeug durch. Der Fahrer sprang heraus. Sogleich kam ein weiterer Mann herbei und die beiden machten sich daran, den Laster zu entladen. Sie luden die Rohre auf eine Palette, die auf einem Leiterwagen lag, dann zogen sie die schwankende Fracht aus Herlinas Blickfeld. Ihr Herz pochte so laut, dass sie befürchtete, jemand könnte sie hören.

Schnell machte sie ein paar Fotos, dann stieg sie in den Wagen und brauste davon. Bei der Geschwindigkeit schaukelte der Wagen wie ein aufgescheuchter Elefant. Mit beiden Händen umklammerte Herlina das Lenkrad. Was bitteschön, hatten diese Rohre im Sperrgebiet zu suchen? Der Vulkan konnte angeblich jederzeit ausbrechen. Dann schob sich ein anderes Bild vor den Gedanken. Der Fahrer hatte eine grüne *Basecap* getragen, darauf war ein verschnörkeltes B gestickt. B wie Bebe, seufzte sie. Grün wie das Leben, grün wie ... *Berair Industries!*

Sie stemmte den Fuß in das Gaspedal. Jetzt brauchte sie ein kaltes *Bintang*.

Herlina schaltete das Licht an und konzentrierte sich auf die schmale Fahrbahn vor ihr. Außerhalb des Lichtkegels tauchte ein orange leuchtender Kreis auf. Herlina fuhr langsamer, bis sie nur noch Schrittgeschwindigkeit hatte. Eine unheilvolle Stille breitete sich aus. Vögel, Frösche und Affen waren verstummt. Bedrohliches Donnergrollen kroch auf sie zu. Herlina stellte den Motor ab und ließ den Wagen ausrollen. Sie lauschte in die Nacht.

Eine ohrenbetäubende Explosion zerriss die Stille und warf blutrote, orangene und gelbe Blitze in den Himmel, dann erhellte ein Feuerball den Nachthimmel. Sie erahnte die Umrisse eines Gebäudes, von züngelnden Flammen an den Rändern angefressen. Funken stoben daraus hervor und flogen wie glühender Regen durch die Nacht.

Wie ein zorniger Drache krallte sich das Flammenmeer an seine Beute, verschlang das trockene Holz, gierig und geifernd wälzte es sich hin und her, durch heimtückische Windböen angetrieben mal in die eine, dann in die andere Richtung rasend.

Herlina beobachtete, wie ein paar Männer mitten in die Flammen stürzten. Sie wollte ihren Augen nicht trauen als sie erkannte, wer darunter war: Daniel schlug mit einem Sack auf die Flammen ein, während Faomasi Befehle rief, um die anderen Helfer zu koordinieren, die eine Schlange bildeten, um mit Eimern Wasser aus dem Meer zu schöpfen. Ein weiterer Trupp hob einen Graben um das Gebäude aus. Den Sand warfen sie in die Flammen und auf die umherfliegenden Funken, damit das Feuer sich nicht weiter ausbreiten konnte.

Herlina stieg aus und spürte, wie die Hitze ihre Haut in Sekundenschnelle trocknete. Sie stand wie angewurzelt, schockiert und fasziniert zugleich. Dicke, schwarze Wolken türmten sich, aufgebauscht von der unberechenbaren Meeresbrise. Dahinter erschien eine Feuerwand, so hoch wie eine Tsunamiwelle aus sengenden Stichflammen.

Herlina hielt sich ein Tuch vor den Mund und rannte zu Faomasi, der mitten im Qualm seine Stellung hielt. „Was ist passiert?"

„Das war mal unser Baumaterial!"

25 Das Interview

Herlina zückte ihren deutschen Journalistenausweis wie eine Waffe. Die Augen der Sekretärin flackerten. „Ich werde sehen, was ich für Sie tun kann", sagte sie gepresst und verschwand.

Herlina sah sich derweil im Raum um. An den Wänden hingen eingerahmte Fotos vom *Bupati* und anderen Würdenträgern bei offiziellen Anlässen. Sie schlenderte von Bild zu Bild, als eines ihr ins Auge sprang. Herlina pfiff leise durch die Zähne. Sie trat näher heran. Das war das Foto aus der *Jakarta Post*, anscheinend das Original, das sie bei ihrer Recherche entdeckt hatte: der *Bupati* mit Ryka beim Spatenstich zum *Siraman*-Brunnenbauprojekt.

„Soso", murmelte Herlina.

Die Sekretärin stand auf einmal neben ihr. „Darauf ist er besonders stolz. Sonst hat er es ja nur mit alten Herren zu tun", kicherte sie. Als sie Herlinas forschenden Blick bemerkte, wechselte sie in einen professionellen Tonfall: „Er wäre jetzt soweit." Sie bedeutete ihr zu folgen und führte Herlina einen langen Korridor entlang.

Herlina klopfte und drückte die Türklinke. Die fühlte sich geschmeidig an wie ein geschliffener Kieselstein. Sie betrat den Raum … und musste sich zusammenreißen, um nicht zu lachen, als sie den *Bupati* sah. Eingequetscht in eine lächerliche weiße Uniform stand er am Fenster und warf sich in Pose wie ein Kapitän auf hoher See. Er nahm seine Aufgabe als Regent über Sumatra wirklich sehr ernst. Der Status des *Bupati* entspricht dem eines Oberbürgermeisters, gewählt auf lokaler Ebene. Zuweilen nimmt die Begeisterung für seine Person überhand und er lässt sich von seinen Untergebenen anhimmeln wie ein Monarch. Die Regentschaft kann dann feudale Züge annehmen.

„Ah, die deutsche Journalistin", sagte er auf Englisch, drehte sich theatralisch um und stutzte: „Oh, Sie sind ja gar nicht groß und blond."

Herlina unterdrückte ihren ersten Gedanken und sagte stattdessen in ihrer Muttersprache: „Nein, ich bin nur zur Hälfte deutsch."

Der *Bupati* nickte wissend. Er bedeutete ihr, Platz zu nehmen. „Was kann ich für Sie tun?"

Herlina antwortete: „Ich arbeite für ein deutsches Umweltmagazin. Wir veröffentlichen eine Artikelserie über Indonesien zehn Jahre nach dem Tsunami und portraitieren erfolgreiche Projekte. Da bin ich auf Ihre Kooperation mit der NGO *Siraman* gekommen."

Der *Bupati* verzog sein Gesicht zu einem breiten Lächeln. „Oh ja, das ist in der Tat eines unserer Vorzeigeprojekte. Ich freue mich, dass jetzt international darüber berichtet wird".

Herlina ließ ihn die Erfolgsgeschichte aufsagen und machte sich Notizen in ihr schwarzes Buch, nickte dabei wohlwollend. „Es scheint aber nicht so gut zu laufen. Ich habe gehört, dass die Brunnen nur verschmutztes Wasser liefern", unterbrach sie seine Lobeshymne.

Der joviale Gesichtsausdruck des *Bupati* bekam Risse. „Was meinen Sie?", fragte er gekränkt.

„Mir wurde zugetragen, dass es auf der Insel zu Todesfällen gekommen ist. Und gestern wurde das Lagerhaus des neuen Öko-Hotels angezündet. Sehen Sie da einen Zusammenhang?" Herlina zückte ihren Stift.

Der *Bupati* gab sich gelassen. „Ach, darauf spielen Sie an. Nun ja, Sie wissen ja selbst, wie hitzköpfig die Menschen sein können. Da wird viel übertrieben." Er tupfte sich die Stirn mit einem weißen Taschentuch. „Die Todesfälle wurden von uns untersucht und hatten kein schlechtes Wasser zur Ursache. Und der wilde Mob gestern … nun, da laufen unsere Untersuchungen noch."

Herlina packte ihr Notizbuch ein und lächelte den *Bupati* an. „Ach so, dann wollte sich nur wieder jemand wichtig machen. Herzlichen Dank für das Interview, ich sende Ihnen ein Belegexemplar zu."

Sie verabschiedete sich auf indonesische Art und wollte das Büro verlassen, als sich ihr Blick an einer Fotografie verfing: Der *Bupati* in freundschaftlicher

Umarmung mit einem Mann, den sie irgendwoher kannte. Sie stutzte, blieb stehen.

„Ist noch was?", fragte der Bupati.

„Nein, ich dachte nur, ich hätte meinen Stift liegen lassen."

Auf dem Weg zum Ausgang bemerkte sie ein Schild: „Archiv: Treppe runter." Ohne zu überlegen folgte sie dem Wegweiser. Unten angekommen, wedelte sie wieder mit ihrem Ausweis. „Ich war gerade beim Bupati. Ich schreibe einen Bericht über erfolgreiche Projekte in Sumatra und soll mir hier Belege über die Wasserversorgung vor und nach dem Tsunami raussuchen", log sie.

Der alte Mann nahm den Ausweis, beäugte skeptisch den deutschen Text darauf, sah auf das Foto und wieder zu ihr und öffnete schließlich die Tür. „Hinten rechts", nickte er in die Richtung und setzte sich wieder an seinen Tisch, um sein Nickerchen fortzusetzen.

Mit klopfendem Herzen machte sich Herlina auf die Suche. Sie wusste nicht, wonach sie suchte, doch ihr Instinkt trieb sie voran. Um Licht in den düsteren Raum zu bringen, zückte sie ihr Telefon als Taschenlampe. Sie schritt vorsichtig die Regale entlang und suchte nach irgendeinem Hinweis. Das Archiv war überraschend gut sortiert. Sie begann mit A wie *Air minum*, Trinkwasser. Da entdeckte sie einen Ordner mit der Aufschrift „Pilotprojekt *Berair Industries*".

Schnell klappte sie den Ordner auf und las: „Antrag auf Einführung einer neuen Luxusmarke." Offenbar wollte *Berair Industries* eine neue Trinkwassermarke einführen und dann in ganz Indonesien verbreiten. Herlina hielt den Atem an, ihre Ohren dröhnten. „Das gibt's doch nicht!" Ihre Hände zitterten, als sie weiterlas.

Auf Damai sollte dezentral Wasser abgepumpt und dieses als standardisiertes Industrieprodukt vertrieben werden. In der ersten Phase sollte das neue Produkt auf Damai vertrieben werden, um die Wasserqualität zu testen. Mit seiner geschwungenen, weit ausladenden Unterschrift hatte der *Bupati* das Vorhaben genehmigt. Unterzeichnet für *Berair Industries*: *Pak* Mangkarawati.

Herlina erschauderte. Natürlich! Der Mann auf dem Foto. Auf dem Portrait, das er ihr für das ERFOLGE-Interview geschickt hatte, sah er ganz anders aus als in der traditionellen Tracht neben dem Bupati. Die beiden machten also gemeinsame Sache. *Korupsi*, ick hör dir trapsen!

Der Vertrag war an Auflagen geknüpft: Beschaffung der Wassernutzungsrechte, kontinuierliche Untersuchung der Wasserqualität, Exklusivrechte für den Vertrieb, geeignete Landrechte. Sie blätterte rasch weiter, doch die betreffenden Seiten fehlten.

„Was machen Sie da?", fragte die Sekretärin hinter ihr in scharfem Ton. Herlina fuhr herum.

„Oh, ich wollte nur noch ein paar Infos für meinen Artikel über das Vorzeigeprojekt", versuchte sie ein unschuldiges Lächeln und stellte den Ordner hastig zurück.

„Der Aufenthalt für Unbefugte ist hier nicht gestattet!"

„Oh? Tatsächlich? Ich gehe schon." Herlina grinste wie eine Katze, die eine fette Maus gefressen hat.

Herlina stand am offenen Fenster und ließ den Blick über das weite, kristallblaue Meer schweifen. Es war früh am Morgen und sie zog ihr leichtes Jäckchen fest über das Nachthemd. Die Haare bauschten sich in der sanften Brise. Herlina rieb die Hände an den Oberarmen. Trotz der aufsteigenden Tropenhitze war es heute Morgen kühl. Die Brandung war seicht, kaum Wellengang. Die Oberfläche kräuselte sich leicht, als würde das Meer nachdenken.

Sie hatte unruhig geschlafen heute Nacht. Nach dem Brand im Lagerhaus waren Daniel und Faomasi im Projektgebiet geblieben und hatten sie allein in dem weitläufigen Haus am Strand zurückgelassen. Sie fühlte sich verloren in der großen Holzküche und machte sich daran, ihr einsames Frühstück vorzubereiten.

Sie hatte geträumt, dass jemand in ihrem Zimmer gewesen war. Obwohl die Sonne bereits kräftig schien und ein freundlicher Wind versuchte, ihr leichte Gedanken zuzuspielen, fröstelte sie. Eine unangenehme Vorstellung, allein im Haus überfallen zu werden. Sie schüttelte ihr Unbehagen ab und goss sich Kaffee nach.

Sie wusste die Vorteile dieser Trauminsel durchaus zu schätzen. Die meisten Menschen kamen, um Urlaub zu machen. Und wenn es nach dem Willen ihres Bruders Faomasi ging, kämen demnächst noch einige zahlungskräftige, umweltbewusste Öko-Touristen dazu, um sich in seinem sagenhaften Öko-Resort von ihrer Schuld als Verbraucher freizukaufen. Sie sah das Projekt kritisch. Solange sie nicht wusste, was hier wirklich vor sich ging, konnte sie Faomasis und Daniels Euphorie beim besten Willen nicht teilen.

Nach allem, was Ryka behauptet hatte, zweifelte Herlina, ob Faomasis Projekt ganz sauber war. Herlina rührte in ihrer Tasse. Vielleicht steckte er selbst hinter dem Brand? Ihre Gesprächsnotizen und einige Fotos hatte sie auf ihrem Laptop. Zuerst wollte sie Faomasi konfrontieren und zur Rede stellen. Dann würde sie Daniel überzeugen, endgültig aus dem Projekt auszusteigen.

Sie ging in ihr Zimmer und erstarrte. Hatte sie gestern Nacht nicht alles auf dem Schreibtisch liegen lassen? Ihr wurde schwindlig. Herlina suchte Halt am Bettpfosten und plumpste aufs Bett. Sie schlug die Hände vor das Gesicht und zwang sich, ruhig zu bleiben. Vorsichtig lugte sie hinter ihren Händen hervor. Kein Zweifel: Der Schreibtisch war leer! Ihr Laptop fort, ihre Unterlagen fort ... und ihre Kamera? Ein kurzer Blick ... nur das herausgerissene Aufladekabel gab einen Hinweis, dass die Kamera hier gewesen war. Nein, sie hatte nicht geträumt. „Da war jemand in meinem Zimmer, während ich schlief!" rief sie in die sonnendurchflutete Leere.

Hatte Faomasi etwas damit zu tun? Hatte er sie bestohlen oder im schlimmsten Fall jemanden beauftragt, sie nachts zu überfallen? Sie sprang auf, riss sich das Nachthemd vom Leib, zog sich hastig T-Shirt und Cargohosen über, verzichtete darauf, die Türe abzusperren – es war ja doch schon alles weg – und stürmte davon.

27 Beweise

Wütend sprang Herlina die Stufen zu dem flachen Holzhaus hinauf, in dem sich Faomasis Büro befand. Zusammengezimmert aus Pressspanplatten, glich die Baracke einem Schuhkarton. Sicher hatte ihr Bruder an den Kosten gespart. Ebenso sicher hatte Daniel die Leichtbauweise abgenommen: Der funktionale Bau war nicht schön, aber stabil.

Mit einem heftigen Schwung riss sie die Bürotür auf, doch niemand war im Raum. Aktenordner lagen auf dem Boden, hingeschleudert und mit aufgerissenen Bäuchen. Die Schreibtischschubladen hingen offen, Papiere lugten hervor und türmten sich auf dem Schreibtisch und am Boden. Ein umgekippter Aschenbecher erbrach graue Schlieren, ertrunkene Zigarettenstummel trieben in einer Kaffeelache neben einem umgestürzten Plastikbecher. Die Aktenschränke aus Pressholz wirkten, als hätte sie jemand mit der Axt bearbeitet.

Warum sollte Faomasi ihren Computer klauen und dann sein Büro verwüsten? Wo war er denn? Ihr Magen grollte wie nach schlechtem Essen, doch es war wohl eine böse Vorahnung, die in ihren Eingeweiden spukte. Sie hob einige lose Blätter auf. Lieferscheine von *Berair Industries*. Offenbar bestellte er dort Wasser für das Büro. Ob er schon dieses *Lifestyle*-Wasser trank? Als sich Herlina die Schreibtischschubladen vornehmen wollte, hörte sie ein Geräusch ... und verharrte in der Bewegung.

Die Eingangstür quietschte … vorsichtige Schritte auf dem Holzboden. Herlina fröstelte in der schwülen Tropenhitze. Am liebsten wäre sie unter den Schreibtisch gekrochen. „Ryka!", entfuhr es ihr.

„Irgendwie hatte ich so ein komisches Gefühl wegen deines aufgeregten Besuchs und dem Brand in Faomasis Lager", erklärte Ryka schnell. „Was ist denn hier los? Warst du das?"

Herlina verzog das Gesicht. „Nein, ich bin eben erst hereingekommen."

„Sieht so aus, als hätte jemand etwas gesucht." Ryka machte einen Schritt auf Herlina zu und schaute interessiert auf die Papiere. Irgendetwas hielt Herlina davon ab, ihr die Blätter zu reichen.

Mit einem Knall schlug die Eingangstür zu. Herlina und Ryka fuhren herum. Ryka war mit einem Satz an der Tür und rüttelte daran. „So ein Mist, jemand hat uns eingesperrt!" Draußen hörten sie das Knattern eines startenden Mopeds. Mit heulendem Motor entfernte sich das Fahrzeug.

Herlina schubste Ryka zur Seite und zog heftig an der Türklinke, probierte es mit kräftigem Drücken, stemmte die Beine gegen die Tür. Da war nichts zu machen. Aus dem Fenster zu klettern war auch keine Option … die waren vergittert.

„Hast du ein Telefon?", fragte Herlina. Ihr eigenes war ja verschwunden.

„Im Auto." Ryka zog bedauernd die Schultern hoch.

„*Oh no!*" Herlina ließ die Fäuste auf die die Türe prasseln. „Hallo, ist da jemand?", rief sie auf Indonesisch. „*Tolong!* Hilfe! Faomasi! Mutazar! Hört uns denn niemand?"

Ryka drängte neben sie. Im Gleichklang rüttelten und klopften sie gegen die Tür. Sie sahen sich an und nickten einander zu. Auf drei riefen sie *„Tolong!"*, und zogen dabei die Silben so verzweifelt in die Länge, man hätte sie bis Gunung Sitoli hören müssen.

Sie lauschten. Nichts geschah. Das Meer schien sie mit seinem teilnahmslosen Rauschen zu verhöhnen.

„Verdammt, und das am Freitag", stöhnte Herlina. „Vor Montag wird hier niemand mehr vorbeikommen." Sie wandte sich an Ryka. „Aber warum bist du überhaupt hier?"

Ryka drehte sich abrupt zur Tür und klatschte mit der flachen Hand darauf.

„Tolong! Tolong!" Sie presste ihren Mund zwischen Holztür und Rahmen und schrie durch den Spalt um Hilfe. Sie hämmerte abwechselnd mit den Händen und klopfte mit den Füßen.

„Buka pintunya! Aufmachen!"

Herlina sah sich inzwischen im Büro um. Anscheinend hatte jemand ganz gezielt etwas in Faomasis Büro gesucht. Die anderen beiden Bürotüren standen auch offen, doch sah es nicht so aus, als hätte jemand darin gewütet.

Ryka klopfte weiter gegen die Tür. Herlina spähte in die winzige Küche. Dort standen vier angegraute weiße Plastikstühle um einen verwitterten Holztisch. An der Wand hing ein einfaches Holzregal. Darauf befanden sich kopfüber aufgereiht ein paar Plastikbecher, daneben eine schwarzgoldene Tabakdose mit ein paar Packungen *Kopimix*, dem widerlichen Instantkaffee aus Zucker, Kaffee- und Milchpulver, den Indonesier so lieben, und ein Wasserkocher. Sie spitzte in den kleinen Abstellraum, dessen Tür halb offenstand. Ein angestaubter Kopierer wartete auf neue Aufträge, daneben einige Druckpapierstapel, Papierrollen und kleine Plastikbehälter mit Bürokram. Kein Anzeichen eines Einbruchs.

Wer hat hier was gesucht?, fragte sich Herlina und musterte Ryka durchdringend. Diese schrie sich weiter die Lunge aus dem Leib. Sie haute mit voller Wucht gegen die Tür und holte mit ihrem rechten Fuß weit aus, um noch mehr Lärm zu machen. Da bekam sie einen Hustenanfall und keuchte.

„Vergiss es, hier hört uns niemand. Die sind alle längst zu Hause und essen gemütlich *Nasi Puti*", warf Herlina ein. Sie ging in die Küche, nahm einen Becher und befüllte ihn mit Wasser aus dem Spender. Die Wassergalone war nicht einmal mehr halb voll.

„Hier, trink." Sie reichte Ryka, die sich auf den Boden hatte niedersinken lassen, einen Becher. „Aber pass auf … Wasser ist hier und heute besonders kostbar, es ist nicht mehr viel da!"

Herlina rutschte ebenfalls die Wand hinab und setzte sich in der Hocke auf die Fersen, wie die Indonesier es tun. „Also, was ist hier los?", fragte sie jetzt fordernd.

Ryka markierte einen weiteren Hustenanfall und trank hastig aus dem Becher. „Was fragst du mich denn?", japste sie zwischen zwei Schlucken.

„Nun, das kannst du natürlich nicht wissen, aber mein Computer und meine Notizen über die seltsamen Vorfälle hier auf der Insel sind alle verschwunden", erläuterte Herlina. „Und ich finde es seltsam, dass du hier auftauchst."

Ryka machte ein betroffenes Gesicht. „Welche Vorfälle meinst du?", fragte sie mit belegter Stimme.

Da regte sich etwas in Herlinas Erinnerung: Dieses Gesicht, zusammen mit diesem Tonfall hatte sie schon einmal erlebt. Sie wollte jetzt nicht an ihre Schulzeit denken und schob den Gedanken beiseite. Doch Ryka schien ihren Blick erraten zu haben.

„Willst du es etwa mir in die Schuhe schieben?", fragte Ryka aufgebracht. „Soll ich etwa schuld daran sein, dass wir hier eingeschlossen wurden?"

„Ich finde, es ist ein komischer Zufall, dass du hier auftauchst, wo offenbar gerade eingebrochen wurde", erwiderte Herlina, und ergänzte sarkastisch, „oder wolltest du Faomasi endlich deine Liebe gestehen?"

„Was soll denn das", fauche Ryka. „Ich weiß überhaupt nicht, wovon du sprichst."

„Was gibt es denn hier nicht zu verstehen? Dass du immer nur so getan hast, als wolltest du meine Freundin sein, dabei warst du nur hinter Faomasi her und hast es nicht einmal geschafft, dazu zu stehen!", schrie ihr Herlina ins Gesicht.

„Pah!" Ryka verschränkte die Arme vor der Brust.

Minutenlang schwiegen sie. Herlina beschloss: „Wenn wir hier schon eingeschlossen sind, können wir es uns auch gemütlich machen" und begab sich in die Küche. Dort stellte sie je zwei Plastikstühle einander gegenüber. Sie holte einen Schwung Papiere aus Faomasis Büro und breitete sie auf den Stühlen als Polster aus. „Nun setz dich schon, oder willst du das Wochenende über stehen bleiben?"

Ryka setzte sich Herlina gegenüber. Die Wassergalone gurgelte hellblaue Blasen. Beide starrten schweigend auf das blubbernde Ding. Der Inhalt war für eine Person schon nicht ausreichend, wie sollten sie beide damit das Wochenende überstehen?

Als die Wassergalone wieder blubberte, musste Herlina grinsen.

„Ich wüsste nicht, was daran so komisch ist", versetzte Ryka.

„Ich finde es spannend, dass du nicht abhauen kannst."

„Was soll das heißen?"

„Nun, wenn es intensiv wurde, hast du dich immer entzogen. Kopfschmerzen, deine Tage, deine Mutter oder dein Vater, oder dein Beo."

„Lass meinen Papagei aus dem Spiel! Ich wusste, dass du diesen doofen Witz bringen würdest. Lass dir doch einfach mal was Neues einfallen, Herlina."

„Na gut", sagte Herlina. Ihr Gesicht zeigte den Herlinablick: „Ich war ungefähr um zehn hier. Da waren alle vermutlich schon beim Warehouse, um die Schäden zu beheben. Als du kamst und die Tür zuknallte, war es vielleicht Viertel nach zehn. Jetzt ist bestimmt noch eine Stunde vergangen, also haben wir bald Mittag. Wir haben also bis Montagmorgen rund siebzig Stunden Zeit, ein paar Dinge zu besprechen, die schon längst ausgesprochen werden sollten, findest du nicht auch?", fragte sie mit unterdrückter Wut.

Ryka rutschte auf ihrem Papiersessel herum. „Sag mal, spinnst du jetzt? Du leidest wohl unter Wassermangel?"

Herlina füllte zwei Becher halbvoll. Beide tranken ganz langsam. Sie beobachtete Ryka unter ihren dichten Wimpern hindurch. „Ich stelle mir einfach vor, ich trinke einen eisgekühlten Singapur Sling", sagte sie.

„Dein Lieblingsgetränk, ich weiß", entgegnete Ryka seufzend. „Weißt du noch, wie wir mal recherchiert haben, woher das Rezept stammt?"

155

„Oh ja. Es war das erste Mal, dass meine Mutter mich betrunken erlebt hatte." Sie kicherte. „Ich weiß bis heute noch ganz genau die Zutaten. Nämlich drei Zentiliter Gin, anderthalb Zentiliter Cherry Brandy,"

„ ... je einen Spritzer Cointreau und Benedictine", ergänzte Ryka.

„Noch ein Zentiliter Grenadinesirup", fuhr Herlina fort.

„Zwölf Zentiliter Ananassaft und anderthalb Zentiliter Zitronensaft," beendete Ryka die Aufzählung und hob ihren Becher wie zum Toast. „Erstmals gemixt im Raffles Hotel in Singapur, besteht das heutige Original-Rezept unverändert aus diesen Zutaten", sagte Ryka feierlich.

„Ist das deine Tasche?", fragte Herlina. Sie rappelte sich auf und griff die neben der Tür halb offen liegende Ledertasche. Etwas Grünes hatte ihre Aufmerksamkeit gefangen. Mit einer schnellen Bewegung riss sie die *Basecap* aus Rykas Handtasche. Darauf war ein verschnörkeltes B gestickt. Dunkelgrün auf Hellgrün.

Ryka schluckte. Keine Frage, Herlina wusste Bescheid.

„B – für *Berair Industries*. Diese Mützen tragen auch die Lasterfahrer", kombinierte Herlina. „Du!", sagte sie mit geschürzten Lippen. „Du steckst dahinter! Ich wusste von Anfang an, dass da was nicht stimmt mit deinem Projekt! Als ich dein falsches Lächeln in der *Jakarta Post* entdeckt habe, da wusste ich, dass du niemals auf ehrliche Weise dorthin gekommen bist!"

Ryka sprang auf. Sie versuchte, etwas zu sagen, doch Herlina unterbrach sie.

„Du hast mit dem *Bupati* gemeinsame Sache gemacht und dein Wasser an *Berair Industries* verkauft", fuhr

Herlina fort. „Ein Projekt wie deines war ja wie geschaffen dafür. Von wegen *faires Wasser für Damai.*"

Ryka rang um die passende Antwort. Herlina warf sich wie ein Cowboy auf ihren Stuhl. „Du musstest doch wissen, dass *Berair Industries* hier nicht nur ihr Produkt testen wollten. Sie wollten die ganze Quelle! Es geht um Wasser, Ryka. Wie konntest du deine Ideale verkaufen?"

„Schon gut, es reicht", maulte Ryka, „du musst mir hier keine Moralpredigt halten. Ich wollte Gutes tun und es ist mir einfach entglitten."

Herlina schüttelte fassungslos den Kopf.

Ryka überlegte einen Moment. Mit einem Ruck stand sie auf. Mit einem gezielten Griff holte sie einen Aktenordner aus dem demolierten Schrank in Faomasis Büro. Herlina staunte, wie gut sich Ryka hier auskannte.

„Gut, wenn du es genau wissen willst, sieh her." Ryka blätterte zwischen Dokumenten mit verschiedenen Brunnenbauunterlagen und schwarzen Tuschezeichnungen der Bungalows. Ganz hinten lagen wunderschön verschnörkelte Urkunden, wie Indonesier es mögen. Ein amtlich beglaubigter Kaufvertrag. Demnach hatte Faomasi ein Stück Land an *Berair Industries* verkauft. Aus der beiliegenden Karte mit den Grundstücksmarkierungen ging hervor, dass es sich um das Gebiet um den Vulkan handelte, das mittlerweile zum Sperrgebiet erklärt worden war, angeblich aus Gründen der Sicherheit. Genau dort hatte Herlina die Lieferung der Rohre beobachtet. Dort also förderte *Berair Industries* das Wasser.

Neben Faomasis prangte eine Unterschrift auf dem Vertrag, die ihr nun schon vertraut war: *Pak* Mangkarawati.

Herlina wusste nicht, ob sie lachen oder weinen sollte.

„Gut und schön, Ryka, du hast also eine Verbindung zu meinem Bruder und *Berair Industries* entdeckt. Aber was machst du hier in Faomasis Büro?" Ungläubig staunend lachte Herlina auf. „Du bist also gar nicht nach mir gekommen, sondern du warst bereits hier! Du selbst hast das Büro verwüstet, damit es so aussieht, als wäre jemand eingebrochen. Du selbst hast den Ordner mit den belastenden Dokumenten in Faomasis Büro platziert, sodass er auf jeden Fall gefunden wird, wenn jemand hier aufräumt. Wer weiß, vielleicht ruft Faomasi die *Polisi* und dann schnüffeln die hier herum. Und schon sind all deine Probleme gelöst. Du bist wirklich ein Miststück! Schon immer gewesen! Und nur du hast die Chuzpe, mich nachts zu überfallen und meine Unterlagen zu stehlen. Du steckst hinter all dem Chaos auf der Insel!"

Ryka grinste triumphierend. „Endlich hast du erkannt, dass ich die besseren Karten habe. Dachtest du etwa, nur deine Familie hat gute Kontakte zum Bupati? Hier auf der Insel ziehen wir die Fäden, Herlina! Ihr beide, du und Faomasi, seid nur unsere Marionetten. Hast du wirklich geglaubt, euer lächerliches Ökohotel würde jemals fertig werden? Dass Faomasi wie dein Vater als Gutmensch die ganze Insel verzaubern kann?"

Herlina sprang auf und holte zum Schlag aus. Doch Ryka war schneller. Mit einem Schrei, der dem unterdrückten Hass ihres Lebens freien Lauf ließ, stürzte sie sich auf Herlina und fixierte sie unter sich. Herlina schrie vor Schmerz, als Ryka das Knie in den linken Oberarm bohrte. Ryka verpasste ihr einen Haken, der Herlinas Lippe platzen ließ wie eine reife Frucht.

Ungläubig spürte sie den metallischen Geschmack von Blut im Mund. Ryka schien selbst überrascht.

Diesen Moment ausnutzend, ballte Herlina ihre freie Hand zur Faust und platzierte einen Hieb auf Rykas Ohr. Ryka kreischte und schützte instinktiv mit beiden Händen ihre Ohren. Herlina spannte alle Muskeln an wie eine Raubkatze, brachte Ryka aus dem Gleichgewicht und rollte sich auf sie. Ihre Hand bekam ein Lineal zu fassen. Sie bäumte sich auf und zog es über Rykas Stirn.

Ryka jaulte auf und rollte sich zusammen. „Hör auf, bitte hör auf", wimmerte sie.

Herlina drückte das Knie gegen Rykas Hals: „Warum sollte ich?"

„Bitte Herlina, ich schwöre. Durungai wird jeden Moment mit Faomasi hier sein. Dann bin ich sowieso geliefert. Wenn du mich loslässt, erzähle ich alles."

Langsam lockerte Herlina den Griff. Hustend drehte Ryka sich zur Seite.

Herlina stand auf. „Also gut, schieß los."

28 Plan B

„*Mbak* Ryka, was gibt es so Dringendes?", begann der *Bupati* ohne Umschweife, als Ryka in sein Büro stürmte. „Wollen Sie sich darüber beschweren, dass Ihre Brunnen zu erfolgreich sind?", fragte er mit einem Blick, der wie eine Drohung wirkte. Er hob die rechte Hand und streckte schnell hintereinander die Finger nach oben, als wolle er sie verscheuchen. Doch diese Geste bedeutete, dass sie sich setzen sollte.

Als Ryka auf dem Stuhl gegenüber Platz nahm, stach ihr der modrige Geruch des *Bupati* in die Nase. Die verschwitzten Haare zur Seite gekämmt, betonten sie sein glänzendes Gesicht wie eine überreife Mango, die kurz davor stand zu Platzen. Er hatte ein marineblaues Seidentuch kunstvoll um den Hals drapiert, um den Schweiß aufzufangen. Ryka wollte sich nicht vorstellen, wie dieses Tuch am Ende des Tages roch. Am liebsten hätte sie es straffgezogen.

„Nein, verehrter Bupati, ganz im Gegenteil. Ich frage mich, wie kann ihr Freund *Pak* Mangkarawati plötzlich so viel Wasser von der Insel abzweigen. Glauben Sie, ich bin blind?"

„Aber, aber, junge Frau, nun beruhigen Sie sich. Alles läuft nach Plan."

„Nach Plan laufen nennen Sie das? Wir hatten eine Vereinbarung. Abgemacht war, dass *Berair Industries* eine kleine Menge Wasser entnimmt, um damit das neue Produkt zu vermarkten. Und nun kann *Pak* Mangkarawati nicht genug bekommen. Wie soll ich denn meinen Leuten erklären, dass die Brunnen plötzlich verdrecktes Wasser liefern, weil an den flachen Gebieten in Küstennähe Meerwasser eindringt? Andere Brunnen fördern gar kein Wasser mehr. Sie haben gesagt, dass *Berair Industries* sich um eine gleichbleibende Wasserqualität kümmert, nur deshalb habe ich mich auf den Deal eingelassen. Sonst hätten Sie mir ja nicht die Genehmigung für mein Projekt erteilt!"

Ryka begann im Büro des *Bupati* auf und ab zu laufen. Der *Bupati* verfolgte ihre Bewegungen mit Adleraugen. Er drehte einen goldenen Füller zwischen seinen fleischigen Fingern. „Ich weiß nicht, wie ich das länger vertuschen soll", drohte Ryka, „dass das Wasser aus dem Brunnenfeld nicht etwa in den Dörfern landet, sondern in den Tanks von *Berair Industries* unten am Hafen."

Der *Bupati* schnaubte. „Ihnen wird schon etwas einfallen. Bisher waren Sie sehr erfindungsreich. Der Brand im Lagerhaus war gar nicht schlecht", schnalzte er anerkennend. Er betrachtete zufrieden seine frisch manikürten Finger.

„Ach", sagte Ryka ausdruckslos, „die Leute gegen den *Bule* aufzuhetzen, war ein Kinderspiel. „Vorausschauend wie sie sind, werter Bupati, haben sie ihm das Grundstück des alten Friedhofs gegeben. So war es abzusehen, dass die Leute Gespenster sehen."

Ryka legte die Stirn in Falten. „Aber jetzt schnüffelt die Schwester des *Bule* hier rum. Diese kleine Journalistin macht die Leute nervös mit ihrer Fragerei."

Er ließ den Füller fallen. Sein feistes Gesicht glich nun dem eines Säuglings, der den Mund zu einem Oh formt. „Die deutsche Journalistin ist die Schwester des *Bule*?", fragte er.

„Ja, sie hat es mir selbst gesagt. Der Bruder trägt den Mädchennamen der Mutter, einer Indonesierin, um sich als Einheimischer auszugeben. Natürlich sieht man, dass er nicht ganz echt ist."

Der *Bupati* ließ die Information auf sich wirken. „Machen Sie sich um die Journalistin keine Sorgen, die haben wir im Griff. Sie wird keinen Schaden mehr anrichten."

„Wie meinen Sie das … sie ist doch noch am Leben…?" Ryka verlor die Kontrolle über ihr Pokerface.

Der *Bupati* lachte. „Was glauben Sie denn? Aber sie wird ihre Informationen nicht nutzen können, denn die gibt es nicht mehr", sagte er zufrieden.

Ryka setzte sich, öffnete ihr Jacket und fächelte sich frische Luft zu. „Aber da ist noch etwas. Sie hat bereits angefangen, Zusammenhänge herzustellen. Sie hat das K-Wort benutzt." *Konek,* das Zauberwort für den Aufstieg, schwebte im Raum. Man musste gute Verbindungen haben, um in Indonesien Großes zu bewegen. Manche nutzten auch das schmutzige Wort *Korupsi.*

„Ach ja?", lächelte der Bupati, „ich kann keine Korruption darin erkennen, wenn ich unsere Wirtschaft fördere … und den Wohlstand unserer Bevölkerung."

Ryka schaute dem *Bupati* fest in die Augen. „Die Vergabe der Wasserlizenzen an *Berair Industries* war wohl etwas mehr als Wirtschaftsförderung." Sie beugte sich vor und raunte vertraulich: „Ich weiß nicht, wie lange ich Sie noch schützen kann, verehrter Bupati!"

„Sie haben mich doch selbst als ehrenamtlichen Fürsprecher für Ihr Projekt eingeladen, also sehen Sie zu, dass Sie mich aus ihrem Wasserproblem raushalten. Oder bekommen Sie jetzt kalte Füße?", fragte er schneidend.

Ryka hielt seinem Blick stand. „Das ist es ja, was ich will: Sie sollen sich aus dem Projekt raushalten." Mit fester Stimme fuhr sie fort: „Oder soll etwa rauskommen, dass Sie Anteile an *Berair Industries* halten?"

Der *Bupati* sah sie lange an. Schließlich setzte er wieder sein mechanisches Lächeln auf. „Wie ich sehe, haben Sie Ihre Hausaufgaben gemacht, sehr schön, *Mbak* Ryka." Er fläzte sich in seinen thronhaften Stuhl. „Aber ich denke, wir sitzen beide im gleichen Boot. Nur sitze ich oben am Steuer und Sie unten bei den Galeerensklaven." Er lachte dröhnend, als hätte er einen großartigen Witz gemacht.

Ryka zog die Tür betont sachte hinter sich zu und eilte dann aus dem Gebäude. Sie setzte sich in ihr Auto und blickte um sich. Dann zog sie mit zitternden Händen das Aufnahmegerät aus der Jackettasche. Sie wischte sich den Schweiß vom Gesicht. Ein Stück vorgespult hörte sie die Stimme des Bupati. Ryka stieß die Luft aus. Darüber würde sich Herlina freuen.

29 Die Wut

Herlinas Bruder Faomasi lief in dem verwüsteten Büro auf und ab und hob wahllos Dokumente auf. Wo sollte er nur anfangen, das Chaos zu bewältigen? „Was ist hier los!", forderte er mit einem Blick, der sie an ihren Vater erinnerte, als er sie beim Rauchen erwischt hatte.

Herlina beobachtete ihn mit verschränkten Armen. „Willst du nicht endlich zugeben, wie tief du in der Sache drinhängst?"

Faomasi blickte irritiert. „Wie bitte? Ich verstehe nicht einmal, ob du dieses Chaos verursacht hast, was Ryka hier zu suchen hatte und wieso sie sich aus dem Staub macht, nachdem ich euch beide hier überrasche. War das ein kindischer Streich, mein Büro zu verwüsten? Ist sie immer noch sauer, weil ich sie in dieser verdammten Bar habe stehen lassen?"

Herlina verdrehte die Augen. „Oh, dieses Theater zwischen euch. Ihr seid wie Katzen, die ein Riesengeschrei machen, um miteinander zu vögeln. Warum tut ihr es nicht einfach?"

„Habt ihr was mit dem Brand zu tun?", lenkte Faomasi ab.

„Nein, hier geht es um etwas anderes, verdammt", gab Herlina zurück.

Faomasi sah ihr lange in die Augen. Dann wühlte er in den Papieren und zog eine Liste hervor. „Also gut. Das ist die *Bill of Quantity* für unsere Bungalows. In der Liste wird aufgeführt, welches Material in welcher Anzahl und zu welchem Preis verwendet werden soll."

Herlina beugte sich vor. Faomasi kramte in einer Dokumentenmappe, dann fischte er eine Rechnung heraus. „Und hier ist die Abrechnung für das gekaufte Material."

Herlina verglich die Zahlen, konnte aber nichts Besonderes erkennen. Sie blickte ihn verständnislos an.

„So, und jetzt kommt der Trick", er beugte sich hinab und nahm ein paar Fotos aus der untersten Schreibtischschublade. Darauf waren die fertigen Bungalows und Nahaufnahmen von Regenrinnen, Türschlössern und Wasserrohren zu sehen.

„Und?", fragte Herlina.

„Oberflächlich betrachtet sieht alles okay aus. Aber wenn man genauer hinsieht, entspricht das verwendete Material nicht dem, was wir in der Leistungsbeschreibung unserer *Bill of Quantity* aufführen."

Er machte eine Kunstpause. „Es ist minderwertiger, wird aber zum Preis der besseren Qualität abgerechnet."

Herlina blinzelte. „Also dann ist es ... *Korupsi*?"

„Du hast es erfasst." Faomasi stand auf. „Willst du auch etwas trinken?" Er ging in die Küche und füllte die beiden Becher mit dem Rest aus der Wassergalone.

„Aber warum tust du das?", Herlina schüttelte den Kopf, „es ist doch dein Projekt."

„So läuft das eben", grinste Faomasi. „Wir rechnen mehr ab, bekommen dann mehr Geld von den Investoren und verwenden die Differenz für all das, was sonst nicht bezahlt würde. Und dazu gehört auch die Verpflegung der Mitarbeiter."

Aus einer Ahnung heraus fragte Herlina: „Und wem gehört die Baufirma?"

Faomasis Lächeln erstarb. „Einem Bauunternehmer in Medan. Warum?"

„Kann es sein, dass der *Bupati* seine Finger im Spiel hat?"

Faomasi sammelte die Fotos ein und schob sie zurück in die Schublade. Er machte Anstalten aufzustehen, als Herlina ihn mit einem Blick zurückhielt.

„Was ist?", fragte er, „du siehst aus, als hättest du zu viel Durian gegessen."

Herlina stand auf, nahm den Ordner aus dem Schrank und schlug die Stelle mit dem Kaufvertrag auf. „Was sagst du dazu?"

Faomasi betrachtete die Urkunde. Als er begann, mit der rechten Hand sein Kinn zu reiben, wurde Herlina bewusst, dass sie gerade dieselbe Geste ausführte, und legte den Arm schnell wieder auf die Lehne.

„Wie kommst du an diese Unterlagen?", stotterte Faomasi.

„Was macht deine Unterschrift auf diesen Unterlagen?", gab sie zurück.

Er blätterte, drehte den Ordner und studierte die Beschriftung. „Die gehören hier nicht rein", stellte er fest.

„Ich weiß. Aber ich habe sie nicht dort hineingelegt. Und ich habe sie auch nicht unterschrieben."

Faomasi schaute hoch. „Dann war das Ryka, die kleine Schlange. Steckt ihr unter einer Decke?"

Er kramte nach seinen Zigaretten, stellte den umgestürzten Aschenbecher wieder an seinen Platz und zündete sich eine Selbstgedrehte an.

„Wie kommst du darauf, dass Ryka die Unterlagen hineingelegt hat?, fragte Herlina in einem schrillen Ton, der sie selber nervte, „der Kaufvertrag mit *Berair Industries* trägt doch deine Unterschrift."

Faomasi zog an seiner Zigarette, um Zeit zu gewinnen. „Hat sie dir die Unterlagen gegeben?", fragte er schließlich.

„Ja, hat sie. Was auch immer zwischen euch gelaufen oder nicht gelaufen ist, es hat sie soweit gebracht, dass sie dir das alles hier in die Schuhe schieben wollte", antwortete Herlina mit einer Bewegung, die das Chaos im Büro einschloss.

Faomasi stieß den Rauch aus. „Herlina, an dir ist echt ein Kommissar verloren gegangen." Er seufzte. „Na gut, meine liebe kleine Schwester, *Adik* Herlina, dann kläre ich dich mal auf. Du wirst es nicht gerne hören, aber ich habe mich auf einen Deal mit dem *Bupati* eingelassen: Er gibt mir die Genehmigung für mein *Eco Resort*, ich verkaufe Land an *Berair Industries*. Alles ganz offiziell. Abgesehen von dem Detail, dass wir alle Stillschweigen darüber bewahren und der *Bupati* eine kleine Anerkennung für seine Vermittlertätigkeit bekommt." Er faltete die Hände.

„Wenn es ganz offiziell ist, warum ist es dann Korruption?"

„Weil es offiziell nicht erlaubt ist, dass eine Firma wie *Berair Industries* hier Wasser fördert. Dazu ist die Insel zu klein und das Wasservorkommen zu gering. Ich muss dir ja kaum erklären, dass wir hier in Indonesien vor einem Wasserproblem stehen – vor einer schweren Wasserknappheit, um genau zu sein."

„Aber du willst doch hier ein Öko-Hotel eröffnen. Ich dachte, ökologisch bedeutet im Einklang mit der Natur? Dazu brauchst du doch selbst auch Wasser!" Herlina dachte an ihre Diskussion mit Bullrich. Die ohnehin schwierige Wassersituation wurde durch den Klimawandel drastisch verschärft. Der Grundwasserspiegel sinkt, der Boden flacht ab, bei den Grundstücken am Meer dringt Salzwasser in das Grundwasser ein. In der Folge verschlechtert sich die Wasserqualität auf der ganzen Insel.

Faomasi zuckte mit der Schulter. „*Berair Industries* wollte ja nur ein Jahr Wasser fördern. Die wissen schon selbst, dass man hier nicht bis in alle Ewigkeit Wasser pumpen kann. Sobald sie ihr tolles *Lifestyle* Getränk etabliert haben, wollten sie stinknormales Wasser von sonstwo abpumpen. Du als *flying investigator* weißt doch, wie das läuft."

Und ob Herlina wusste, wie das lief. Bei ihrer Recherche hatte sie die Praktiken internationaler Lebensmittelhersteller untersucht: Sie erwerben ganz offiziell die Wasserrechte an Quellen, füllen das Wasser ab, reichern es mit Mineralstoffen an, verpacken es in Plastikflaschen und verkaufen es um ein Vielfaches des ursprünglichen Preises. Sie schaffen künstlich eine Nachfrage nach Wasser aus Plastikflaschen, wo man ebenso gut Leitungswasser trinken konnte. Besonders anfällig sind Länder, wo keine funktionierende zentrale Wasserversorgung existiert. Je schlechter der Zustand der kommunalen Wasserversorgung, desto höher der Umsatz der Konzerne. Die Grundwasservorkommen werden dabei so weit ausgebeutet, dass der Grundwasserspiegel sinkt und die Bevölkerung vor Ort keinen Zugang mehr zu frischem Wasser hat. Alles ganz legal.

Faomasi versuchte zu beschwichtigen. „Ich konnte das Grundstück mit dem Vulkan ohnehin nicht nutzen. Und das Geld konnte ich natürlich gut gebrauchen."

Herlina schluckte hart. Zu viel Wasser hatte ihre Mutter das Leben gekostet, während die Insel nun auf eine katastrophale Wasserknappheit zusteuerte. Und ihr Bruder war Teil dieses skrupellosen Systems. Sie fixierte Faomasis goldbraune Augen. „Und an welchem Samstag wolltest du mir davon erzählen?"

Faomasi hob die Schultern. Etwas auf einen Samstag zu verschieben bedeutete, auf nie und nimmer.

Dann fragte sie mit einer Lässigkeit, die sie nicht empfand: „Wusste Daniel davon?"

Faomasi hielt ihrer stummen Anklage stand. Von draußen klang das Tirilieren einer Vogelschar in den Büschen vor dem Fenster. Sie vernahm das Geschnatter bunter Papageien und ein Gekreisch, als würden auch sie sich zanken. Nach einer Ewigkeit antwortete er mit sanfter Stimme. „Er ist ein loyaler Freund, Herlina."

Während Herlina nach Worten suchte, blitzte die Erinnerung an die inneren Kämpfe aus, die sie ausgefochten hatte, um hierher zu kommen. Endlich schluchzte sie: „Ich versuche alles richtig zu machen, aber die ganze Welt ist falsch!"

Sie fühlte sich wie unter Wasser gedrückt, japste nach Luft. Aber das, was ihr fehlte, war kein Sauerstoff. Sie hatte alles Vertrauen in die Welt verloren. Das Schicksal hatte ihr Herz mit scharfen Krallen herausgerissen, einen Klumpen abgefressen und in hohem Bogen wieder ausgespuckt. Doch diesmal wollte sie zurückschlagen.

Herlina sprang auf, raffte die Dokumente, die Faomasi eben sortiert hatte, hob sie über den Kopf und warf sie mit solcher Wucht zu Boden, dass sie wie ein Wasserfall auseinanderstoben und trampelte darauf herum.

Da flüsterte ein böser Geist ihr etwas ein. Herlina rannte zurück ins Haus, schnurstracks in Daniels Zimmer, packte alles, was ihr in die Finger kam und schleuderte es durch die Gegend. Neben dem Bett lag seine geliebte Architekturfibel. Die schlug sie an der Stelle auf, wo er ein Lesezeichen eingelegt hatte, und zerfetzte Seite um Seite. Dann nahm sie die schwere Schere vom Schreibtisch und hielt sie wie ein Schwert. Sie schaute sich suchend um. Ihr Blick fiel auf das Regal mit seinen Klamotten. Zielstrebig zog sie seine Lieblingsjeans heraus und schnippelte dünne Streifen daraus. Das war gar nicht so leicht. Sie drückte die Schere so fest in den Stoff, dass ihre Hand schmerzte. Dabei kniete sie auf dem Boden und schrie, als würde sie mit der bösen Hexe Rangda persönlich kämpfen. Aber sie hatte hier nichts zu gewinnen. Sie wusste, es war kindisch, doch wenn sie sich jetzt nicht an seinem Zeichenstift auslassen würde, der in tausend Splitter zerbrach, sie würde wahrscheinlich mit dem japanischen Messer auf ihn losgehen, sobald er nach Hause käme.

Danach war sie ganz ruhig. Kerzengerade stand sie, legte den Kopf in den Nacken und schloss die Augen. Unbeeindruckt von Herlinas Wutausbruch schob das Meer ruhig seine Brecher ans Ufer. Wie klein und unbedeutend sie doch war. Ein verirrter Tropfen im Ozean.

Sie öffnete die Augen. Da bemerkte sie den Füller, den sie ihm geschenkt hatte. Herlina hob ihn langsam auf, schraubte den Verschluss ab und legte ihn auf das weiße Boss-Hemd. Dann nahm sie ihre Sachen und verließ das Haus, ohne sich noch einmal umzuschauen.

DREI

30 Das Geheimnis

„Manchmal muss man ein Geheimnis bewahren, Herlina, auch wenn man weiß, dass es nicht richtig ist", sagte Gila mit belegter Stimme. „So erging es mir auch, nach Bebes Tod."

„Moment", unterbrach sie Herlina. „Du hast die ganze Zeit davon gewusst, dass sie krank war? Warum hast du nie was gesagt? Du hast doch gesehen, wie sehr ich darunter gelitten habe!"

Gila zögerte. Dann gab sie sich einen Ruck. „Ich musste ihr versprechen nichts zu verraten."

„Was? Du hast jahrelang geschwiegen? Nach ihrem Tod hättest du es mir sagen können, verdammt noch mal!" Herlina schlug mit der Faust auf den Tisch, das Telefon fiel herunter. Herlina hob es auf und hörte ihre Tante daraus hervorkrächzen.

„Herlina, bitte beruhige dich. Es war doch sowieso schon schlimm genug, dass sie verschwunden war. Ich dachte, es wäre besser, wenn du es niemals erfährst. Du solltest sie so in Erinnerung behalten, wie sie war." Bei diesen Worten sah Herlina ihre Mutter vor sich, an dem Tag, als sie sich das letzte Mal gesehen hatten.

Ulf und Bebe hatten zuletzt gemeinsam in Medan gelebt, die Kinder waren zu Besuch gewesen. Das unvermutete letzte gemeinsame Abendmahl, ein paar Monate vor Bebes Verschwinden. Ulf saß wie immer links am Tisch, Faomasi rechts, Bebe ihr gegenüber, so wie sie immer und überall zusammengesessen hatten, als sie noch eine Familie gewesen waren.

Herlina hatte Bebe in die nelkenbraunen Augen geschaut. Bebe erwiderte ihren Blick. In diesem Moment drang ein Sonnenstrahl durch das Fenster und ließ Bebes Augen golden funkeln. Bebe musste zwinkern. Es lag ein Widerspruch in diesem Blick, den Herlina nicht beschreiben konnte. Jetzt wusste sie, was sie darin gesehen hatte: Bebes Versuch, ganz unbeschwert zu tun und gleichzeitig ihr Geheimnis nicht preiszugeben.

„Warum hat sie es uns verschwiegen, Gila?"

„Sie wollte es euch persönlich sagen, an Neujahr. Sie war überfordert mit der Diagnose. Sie musste es erst mal mit sich selbst ausmachen."

„Aber sie war ganz allein damit. Papa war ja nicht da!"

„Sie war nicht allein, Herlina. Es war jemand bei ihr, der sich um sie gekümmert hat. Ein alter Freund."

Gila holte tief Luft. „Sie hatte ihre alte Jugendliebe Hector wiedergetroffen, Herlina. Sie war allein und verzweifelt und da lief er ihr über den Weg, als hätte ein guter Geist ihn geschickt. Ich weiß, dass sie ihn nie vergessen hatte. Immer, wenn sie Streit mit deinem Vater hatte, und in den letzten Monaten hatten sie häufig Streit, war er ihr wieder in den Sinn gekommen. Er konnte etwas, das dein Vater nie vermochte: Er konnte sie trösten."

Bei den Worten zuckte Herlina zusammen. Zu oft erging es ihr im Streit mit Daniel ebenso.

Gila fuhr fort. „Als sie einander trafen, musste er gespürt haben, dass es ihr nicht gut ging. Sie hat es ihm dann gleich erzählt. Er hat sich liebevoll um sie gekümmert", berichtete Gila. „Sie war glücklich! Ich bitte dich, das zu verstehen." Unwillkürlich hatte Gila Bebes flehenden Ton angenommen.

Herlina legte den Kopf in beide Hände und atmete tief durch. Sie überlegte. „Wollte sie Papa verlassen?"

„Ach, soweit war sie noch nicht. Sie hat einfach den Augenblick genossen. Und dann, naja, du weißt ja, was dann passiert ist. Die Welle hat sie mitgerissen."

„Aber davor! Was ist davor passiert?", schrie Herlina nun. Wie viele Nächte hatte sie gegrübelt warum ihre Mutter ihr nichts von der Krankheit erzählt hatte. Für Herlina war die Mutter immer wie eine Freundin gewesen. Wenn sie aus der Schule kam, hatte sie ihr den neuesten Tratsch erzählt, hatte sich über Ryka ausgelassen, hatte sich bei ihr ausgeheult, wenn sie in Mathe eine schlechte Note bekam. Und sie hatte Bebe zuerst in ihre Pläne eingeweiht, Journalistin zu werden.

Bebe hatte von ihrer Jugend als Sängerin in Medan erzählt. Wie sie sich in Herlinas Vater Ulf verliebt hatte. Später waren sie gemeinsam ausgegangen wie Freundinnen, hatten sich lustig gemacht über Ulfs Ordnungsfimmel oder wenn er sich über Bebes *Jam Karet* aufregte. Bebe hatte ihr manchmal im Spaß vorgehalten, sie, Herlina, sei genauso. War das vielleicht gar kein Spaß gewesen? Die Vertrautheit … alles nur Fassade? Kein Wort über irgendeine verdammte Krankheit. Als die Welle ihre Mutter fortgerissen hatte, verlor auch Herlina den Boden unter ihren Füßen: Sie realisierte, dass ihre Mutter sie hintergangen hatte. Sie litt unter der ständigen Ungewissheit, nie zu erfahren, was mit Bebe passiert war an diesem sechsundzwanzigsten Dezember Zweitausendvier.

„Sie war schon lange nicht mehr glücklich mit deinem Vater", fuhr Gila fort. „Sie wollte ihm nicht mehr hinterher reisen. Ihr beide, Faomasi und du, wart aus dem Haus, da hatte sie keinen Sinn mehr darin gesehen, der Familie wegen zurückzustecken. Sie hatte vor, wieder Musik zu machen, zu singen, wie früher. Das hat sie immerhin mit Ulf besprochen, sie hat es mir am Telefon erzählt. Sie nahm sich eine Auszeit, traf Hector und … ja, sie hat schon darüber nachgedacht, mit ihm ein neues Leben anzufangen, aber sie wollte auch ihre Familie nicht zerstören."

Gila zögerte. „Ich habe sie lange nicht mehr so glücklich erlebt wie bei unserem letzten Telefonat am Weihnachtsabend", sprach sie schließlich weiter. „Sie war glücklich an ihrem letzten Tag, sie war mit Hector zusammen, als es passierte. Du musst ihr vergeben, Herlina, sonst kommt sie nie zur Ruhe. Und du auch nicht."

„Sie war wirklich glücklich?" Herlina musste schlucken, um die aufsteigenden Tränen zu unterdrücken.

„Ja, sie war glücklich. Und sie hat sich darauf gefreut, euch wiederzusehen. Das Schicksal hatte anderes mit ihr vor, aber sie lebte in dem Glauben, dass alles gut würde. Schließe deinen Frieden damit, *Ponakanku*."

„Und Papa, was ist mit ihm? Wirst du es ihm auch endlich sagen?"

Gila stieß hörbar die Luft aus. Herlina spürte, wie die Anspannung aus Gila wich. „Er hat es von selbst herausgefunden, als er ihre Sachen sortierte. Er wollte euch nicht beunruhigen, deshalb hat er alles, was auf Hector schließen ließ, weggeräumt und geschwiegen. Und deshalb wollte er auch nicht, dass ihr nach Damai kommt. Sie sollte in Medan begraben werden, ohne dass ihr etwas davon mitbekommt. Er hat ihr verziehen, nachdem er realisierte, dass er es war, der sie in diese Lage gebracht hatte."

Gila räusperte sich und ergänzte: „Ulf hat aus Loyalität zu Bebe geschwiegen. Er wollte lieber deinen Zorn auf sich laden, als Bebes Geheimnis preiszugeben. Versprochen ist versprochen … auch über den Tod hinaus."

Jetzt konnte Herlina die Tränen nicht mehr aufhalten: „Ich, ich …", sie schluckte schwer, „ich glaube, ich brauche jetzt etwas Zeit. Ich muss das alles erst mal verdauen."

„Eines noch, Herlina. Gehe nach Banda Aceh ins Tsunami-Museum. Dort wirst du Antworten finden."

31 Banda Aceh

Sie fuhr mit dem Taxi zum Hafen und bestieg die Fähre zum Festland. Am Hafen Uleh Leh in Banda Aceh erwartete sie das übliche Chaos. Taxifahrer auf der Jagd nach Passagieren, Souvenirverkäufer mit *Fake* Sonnenbrillen und Glücksritter aller Art. Herlina ignorierte sie alle und winkte einen *Becak* Fahrer heran. Wie immer wählte sie denjenigen, der sie am wenigsten bedrängte.

Vor dem Tsunami-Museum saßen einige Männer, Taxifahrer und Händler, die auf Kundschaft warteten. Sie bemerkte einen Mann, der sie anstarrte wie einen Geist. Es schien, als wolle er sich erheben, doch dann sank er wieder auf die Treppenstufe, als hätte er es sich anders überlegt. Er hat mich bestimmt für eine *Bule* gehalten, dachte sie.

Von außen wirkte der runde, schiffsförmige Bau wie eine Arche Noah, die Schutz vor einem weiteren Tsunami bieten sollte. Das vierstöckige Gebäude war von einem lokalen indonesischen Architekten entworfen worden. Die Form des riesigen Baus war der Tsunamiwelle nachempfunden. Das Museum gedachte der Opfer, die in der größten Naturkatastrophe der jüngeren Geschichte ihr Leben verloren hatten. Als Ort der Toten und der Überlebenden des Tsunamis war das Museum weit über die Grenzen Indonesiens zu einem Wallfahrtsort geworden.

Herlina betrat das Gebäude durch einen dunklen, engen Korridor mit tsunamihohen Wänden. Auf einmal befand sie sich in einem beklemmend engen Schlauch, von den hohen Wänden tropfte Wasser. Der Eingang war so gebaut, dass die Besucher die furchterregende Wucht der Tsunamiwelle nachempfinden konnten. Für Herlina glich jeder Schritt einem Abstieg in den unheimlichen Brunnen in ihrem Innersten. Herlina erschauerte bei dem Gedanken, dass ihre Mutter von dieser Gewalt fortgerissen worden war.

Sie gelangte ins Innere des Museums und betrachtete die Ausstellungsstücke. Bilder von Überlebenden und Opfern. Fotos eines tonnenschweren Generatorschiffes, das drei Kilometer ins Landesinnere gespült worden war und dabei mehrere Häuser unter sich begraben hatte. Ein Fischerboot auf dem Dach eines Wohnhauses, das einer Familie als Zuflucht gedient hatte. Eine 3D-Konstruktion der mörderischen Welle verdeutlichte die Dimensionen und schier unglaublichen Ausbrüche der Naturgewalt.

Insgesamt verloren zweihundertdreißigtausend Menschen in dreizehn Ländern ihr Leben. Zwei Drittel davon stammten aus Banda Aceh. Es gibt kaum eine Familie in Banda Aceh, die nicht von der Katastrophe betroffen war. Einer dieser Menschen riss ein Stück aus Herlinas Herz.

Sie ging noch tiefer in eine dunkle Kammer, die das Innerste der Welle symbolisierte, mit meterhohen dunklen Wänden wie in einem tiefen Schlot. Am oberen Ende des Tunnels war ein kleiner Lichtblick, verziert mit einem goldenen Schriftzug: Allah stand dort auf arabisch.

An die Wände schmiegten sich in goldener Schrift die Namen der fünfundzwanzigtausend Opfer aus Banda Aceh. Eine dunkle Ahnung überkam Herlina. Langsam schritt sie die Wände ab und die unzähligen Namen flossen durch sie hindurch. Und plötzlich stand dort der Name, der wichtigste von allen: Berit Dien. Bebes Mädchenname.

Herlina begann zu zittern. Wie im Rausch stieg die Erkenntnis in ihr empor. Sie würgte und konnte das Schluchzen nicht unterdrücken. Sie schrie auf vor Schmerz, die Tränen nahmen ihr die Sicht. Sie berührte die glatten goldenen Lettern, zeichnete mit den Fingern die Konturen der Buchstaben nach.

Berit. Bebe. *Mom*. Mutter.

Sie wollte schreien und brachte doch nur ein klägliches Wimmern hervor, wie ein verletztes Tier. Sie schniefte und stützte sich an der Wand ab, um die nahende Ohnmacht aufzuhalten.

Da berührte sie jemand sachte an der Schulter. „Herlina? Bist du das?", hörte sie auf *Bahasa Indonesia*.

Herlina drehte sich verwirrt um. Vor ihr stand der Mann, den sie am Eingang gesehen hatte. Aus seinen Augen sprach tiefer Schmerz. „Ich bin Hector. Komm."

Herlina ließ sich widerstandslos mitführen. Er fasste sie sanft an den Schultern und geleitete sie aus dem dunklen Gebäude.

Draußen herrschten strahlender Sonnenschein und tropische Schwüle. Ein Moped brauste vorbei und hupte laut. Bunte Schmetterlinge spielten Fangen. Sie setzten sich in das angrenzende Café. Hector bedeutete ihr, sitzenzubleiben und kam gleich mit einer kühlen Flasche Wasser zurück.

Hector setzte sich neben sie. „Ich wusste, dass du früher oder später auftauchen würdest." Er sah sie gespannt an. „Jetzt bist du da."

Herlina zwinkerte verwirrt. „Woher wusstest du, dass ich kommen würde?" Sie zog die Stirn kraus, dann gab sie selbst die Antwort: „Gila."

Er schloss die Augen und nickte kurz.

„Du – du warst mit Bebe zusammen." Ihre Frage war eine Feststellung. „Hast du ihren Namen hier eingravieren lassen?"

„Ja, sie sollte einen Platz haben, an dem sie zur Ruhe kommt. Der andere Ort war ihrer unwürdig."

„Der andere Ort?"

Er reichte ihr das Wasser. „Komm, trink."

Sie nahm die Flasche, entfernte die Plastikfolie um den Verschluss und nahm einen Schluck. Erwartungsvoll sah sie ihn an. „Welcher andere Ort?"

Hector nahm Herlinas Hand. „Das Massengrab", sagte er schließlich.

Herlina bekam einen Hustenanfall. Sie dachte an die Massengräber in Banda Aceh, wo Tausende Tsunami-Opfer aus Furcht vor Seuchen in aller Eile verscharrt worden waren. Sie wusste nicht, dass es auch auf Damai solche Gräber gegeben hatte. Sie hatte geglaubt, sie hätten damals die Asche ihrer Mutter in Medan begraben.

Hector nahm sie vorsichtig in den Arm. Sie fühlte sich geborgen in den Armen dieses Fremden. Er roch gut. Irgendwie vertraut. Hector, der Geliebte ihrer Mutter. „Was ist passiert, Hector?", brachte sie schließlich hervor.

Und endlich erfuhr sie alles.

„Die Erde bebte am frühen Morgen gegen acht. Davon wachten wir auf. In der Nacht davor waren wir spät zu Bett gegangen. Bebe hatte lange mit deiner Tante Gila telefoniert und wir hatten beide viel Bier getrunken und daher einen *Hangover*. Ein heftiges Erdbeben ließ die Erde erzittern, die Wände schienen sich zu biegen. Die Regale stürzten um, Bücher stoben herab, Gläser und Flaschen und Porzellan zerschellten auf dem Boden. Nichts blieb an seinem Platz. Wir konnten kaum aufrecht stehen, so sehr wackelte der Boden. Wir flohen aus dem Haus und hatten fast nichts an. Bebe im Nachthemd, ich in *Sarong* und T-Shirt, das ich mir schnell übergezogen hatte. Einige Sekunden standen wir vor dem Haus und überlegten, was wir tun sollten. Die Erde bebte nach oben und unten, hin und her. Wir taumelten und hielten uns aneinander fest. Mir war flau im Magen, ich hatte das Gefühl, mich gleich übergeben zu müssen. Dann rannten wir hinunter zum Strand, um zu sehen, was los war. Aber da war kein Wasser. Am Strand bildeten sich nur merkwürdige Blasen, als würde jemand eine Suppe kochen. Da begriffen wir, dass dies das Vorzeichen für eine riesige Welle sein musste. Wir alle kannten ja die Geschichten von Tsunamis. Zuletzt Zweiundneunzig in Flores, wo einige Verwandte ums Leben gekommen waren. Also rannten wir schnell zurück zum Haus, das weiter oben auf dem Hügel lag. Plötzlich kam das Wasser zurück, es begann unfassbar schnell zu steigen. Ich war wenige Schritte vor Bebe und drehte mich um, als sie vom Sog gepackt wurde. Ich wollte ihren Arm greifen, doch plötzlich war sie unter Wasser. Sie tauchte wieder auf und schwamm auf mich zu. Obwohl nur ein paar Meter zwischen uns waren, konnte ich sie nicht erwischen. Ich schrie ihr zu, sie solle sich an dem Baum festhalten, an dem wir unsere Wäsche aufhängten, nur ein paar Meter entfernt. Auf der kurzen Strecke dorthin blieb sie an dem kleinen Wellblechdach hängen, unter dem wir sonst die Wäsche wuschen. Für ein paar Sekunden war sie wieder unter Wasser. Irgendwie schaffte sie es zu dem Baum. Ich sah, wie sie sich an einem Ast festklammerte und befahl ihr, auf keinen Fall loszulassen, als mein *Sarong* von der Strömung erfasst wurde. Ich hatte zu lange gezögert und war plötzlich selbst in Gefahr. Da war mein Vater am Hügel und schwenkte einen Besen in meine Richtung. Er rief und gestikulierte wild, ich solle schneller schwimmen und den Besen packen. Ich wurde von einem unfassbaren Sog gepackt. Der *Sarong* wurde mir vom Leib gezerrt. Ich verfing mich in irgendwelchem Unrat und strampelte um mein Leben. Irgendwie gelang es mir, trotz der starken Strömung zu meinem Vater zu kraulen und den Besen zu ergreifen. Mit vereinten Kräften zogen mein Vater und ein Nachbar an mir. Sie hievten mich aus dem Wasser und zerrten mich den Hügel hinauf. Ich schrie und wollte mich losreißen, um zu Bebe zu schwimmen, doch sie packten mich fester und zogen mich mit. Als wir dann ein paar Meter weiter oben standen, drehte ich mich um, um nach Bebe zu sehen. Aber der Baum war nicht mehr da, Herlina."

Tränen traten in seine Augen. Er wischte sich mit dem Armrücken über die Stirn. „Ich konnte nichts für sie tun. Die Welle hat den Baum mit Bebe einfach mitgerissen."

Herlinas Hände zitterten. Sie fühlte, wie ihr die Tränen das Gesicht herabliefen und am Schlüsselbein entlang ihren Kragen befeuchteten.

Hector sammelte sich wieder und fuhr fort. „Als alles vorüber war, bemerkte ich erst die vielen Schnittwunden an meinen Beinen. Ich fand überall blaue Flecken und Kratzer an den Armen, wo mein Vater und der Nachbar mich gepackt hatten. Sie brachten mich zu meines Vaters Haus weiter oben am Hügel. Dort kümmerte sich meine Mutter um meine Wunden. Buala rannte zurück zu der Stelle, an der Bebe sich im Baum festgekrallt hatte."

Herlina rutschte unruhig auf ihrem Stuhl. „Und dann?", forderte sie ihn auf.

„Buala, mein Vater, hat sie dann unten am Strand gefunden. Keine hundert Meter vom Haus entfernt hatte die Welle sie wieder zurückgeschleudert." Er hielt inne und verlor sich in der Erinnerung. „Buala faltete ihre Hände zum Gebet und eilte zurück, um mich zu holen, doch ich brauchte wegen meiner Verletzungen zu lange. Als wir endlich an der Stelle ankamen, hatten die anderen sie schon zum Massengrab gebracht."

Er atmete tief ein und langsam wieder aus, um sich selbst zu beruhigen. „Also habe ich dafür gesorgt, dass sie im Tsunami-Museum verewigt wird, damit wir alle einen Platz haben, um für sie zu beten. Auch für euch Kinder. Bebe hat viel von euch gesprochen, besonders von dir, Herlina. Sie hat dich sehr geliebt. Ich weiß, dass du besonders gelitten hast. Bitte verzeih ihr. Lass sie zur Ruhe kommen."

32 Zeichen

„Möchten Sie noch etwas Ingweertee?", fragte Mama Sylvi in ihre Gedanken.

Herlina sah auf. „Ja, gern", und reichte ihr die Tasse.

„Abendessen wieder um sieben?" Mama Sylvi lächelte wissend. „Dann können Sie wieder früh zu Bett." Sie nickte noch einmal freundlich und ging zurück zur Rezeption.

Herlina widmete sich wieder dem Computer in der Bibliothek des *Lumba-Lumba Guesthouse*. Mit den Dateien auf ihrem USB-Stick war es ein Leichtes gewesen, die Machenschaften des *Bupati* zu rekonstruieren. Die Sicherheitskopie hatte sie vorsorglich in der Küche in den Reissack gesteckt. Niemand würde *Nasi Puti* stehlen in Indonesien.

Herlina konnte nicht so schnell tippen, wie ihr die Gedanken durch den Kopf schossen.

Kaum hatte die gutgläubige Ryka dem *Bupati* die Pläne für ein Brunnenbauprojekt vorgelegt, aus dem hervorging, dass unter Damai riesige Wasservorkommen lagen, witterte dieser sofort ein Geschäft und informierte seinen langjährigen Geschäftspartner *Pak* Mangkarawati, Chef von *Berair Industries*.

184

Sie heckten einen Plan aus. Der *Bupati* erteilte Ryka die Genehmigung, ihr Brunnenbauprojekt durchzuführen. Im Gegenzug erlaubte sie die Wasserentnahme aus ihren neuen Brunnen, für ein angebliches Pilotprojekt zur Einführung einer neuen Wassermarke. Das Unternehmen versprach, die Kosten für die dauernde Untersuchung der Wasserqualität zu übernehmen. Dazu musste sie eine geheime Vereinbarung unterschreiben.

Sie verlangten von Ryka, dass *Berair Industries* zehn Prozent des Anteils, den die lokalen Brunnen erbringen, erhalten sollte, um es exklusiv nach Medan zu verkaufen. Das Pilotprojekt würde zwölf Monate andauern, bis die neue Marke etabliert war. Danach, so versprachen sie Ryka, sollte das Wasser aus einer anderen Quelle von einer anderen Insel stammen.

Ryka betrachtete die Vereinbarung, trotz gemischter Gefühle, als willkommene finanzielle Unterstützung. Sie konnte nicht zugeben, dass es ihr nicht gelungen war, Geldgeber für ihr Projekt zu gewinnen. Die Dinge entglitten ihr, als der Wassergigant viel mehr Wasser forderte, als sie liefern konnte.

Herlina schrieb wie im Rausch. Doch sie verschwieg in ihrem Bericht, dass ausgerechnet Ryka den Verdacht auf Faomasis Projekt gelenkt hatte. Ryka hatte Faomasis Projekt sabotiert, um zu verhindern, dass sein Ökohotel fertig wurde und Touristen herumschnüffelten. Dass sie dazu Meerwasser in Faomasis Brunnen geschüttet hatte, damit das Wasser brackig wurde, ließ Herlina ebenso aus wie die Tatsache, dass der treue Durungai seinen Kollaps nur gespielt hatte, um Ryka einen Gefallen zu tun.

Stattdessen legte Herlina ihren Fokus auf den politischen und ökologischen Skandal. Denn offiziell hatte *Berair Industries* überhaupt keine Erlaubnis, Wasser auf Damai abzupumpen, da die Wassermengen für eine industrielle Abfüllung nicht ausreichten.

Herlina überlegte, inwieweit sie ihren Bruder mit hineinziehen sollte. Sie entschied sich für die Fakten: Faomasi verkaufte auf Druck des *Bupatis* ein Stück Land an *Berair Industries*. Dafür erhielt er die Genehmigung für sein Öko-Resort, und der *Bupati* eine Provision für seine Vermittlertätigkeit.

So gelangte *Berair Industries* durch den *Bupati* an die erforderlichen offiziellen Dokumente, die Bohrgenehmigung inklusive der Wassernutzungs- rechte. Über Rykas Projekt ließen sie sich die Wasserqualität bescheinigen. Von Faomasi erhielten sie das notwendige Land. Alles lief halblegal: die Dokumente waren echt, offiziell war der Deal aber nicht erlaubt. Um alle ruhig zu stellen, galt das Vorhaben als befristetes Pilotprojekt.

Umgehend ließ der *Bupati* das Land um den Vulkan absperren, mit der Begründung, es sei dort zu gefährlich. Eigentliches Ziel waren jedoch die Sammelleitungen von Rykas Brunnen, die von *Berair Industries* angezapft wurden. Zusätzlich bohrte *Berair Industries* unter dem Vulkan selbst nach Wasser, denn dort ist die Wasserqualität besonders gut. Auch am Hafen hatte der *Bupati* einen Bereich sperren lassen; hier sammelte Berair das Wasser und verschiffte es nach Medan, während offiziell ein Forschungsprojekt zum Vulkan durchgeführt wurde.

Als besonderen Clou hatte sich *Berair Industries* eine Testphase der Wasserqualität überlegt. Sie verkauften das Wasser, das sie den Damaianern gestohlen hatten, abgepackt in Plastikflaschen zum überhöhten Preis auf dem lokalen Markt.

Nebenbei hatte Herlina von Ryka erfahren, dass der *Bupati* unter anderem Schmiergelder von der Shangri-La Bar in Jakarta nahm, damit dort, von der Polizei unbehelligt, die Geschäfte mit Drogen und Frauen laufen konnten. Auch beim Verkauf von Baumaterial in Medan mischte der *Bupati* mit. Und überraschenderweise hielt er Anteile an *Berair Industries*.

Herlina schrieb wie im Rausch und realisierte schließlich, dass vier Stunden vergangen waren. Ein Blick auf ihre Weltuhr: neun Uhr morgens in Deutschland. Sie zählte *satu-dua-tiga* und schickte den Artikel ab.

33 Buala

Um den Kopf freizukriegen lief sie ziellos durch die geschäftigen Straßen und beobachtete das bunte Treiben. Eine wilde Parade aus verbeulten Bussen, hupenden Mopets, eine Horde *Bejaks* mit viel zu vielen Passagieren in den klapprigen Fahrzeugen, Männer und Frauen in bunte *Sarongs* gekleidet, zog an ihr vorbei.

Sie ging einen ungestörten Pfad hinab zum Strand. Sie wollte sich selbst herausfordern und das Meer ganz ungeschützt von Mauern und Entfernungen beobachten. Sie lief einen schmalen Weg zwischen Strand und einzeln stehenden Einfamilienhäusern entlang. Ganz schön mutig, ein Haus so nah am Meer. Die Leute vergaßen schnell. Oder sie hatten keine andere Wahl. Ohne zu wissen, wohin ihr Weg sie führte, schlenderte sie den palmengesäumten staubigen Sandweg entlang.

„Selamat Pagi, Cantik!"

Herlina fuhr herum. Da stand der alte Mann aus dem Flugzeug vor ihr. *„Apa kabar?"*

„Selamt Pagi, Buala. Baik baik", grüßte sie indonesisch und ließ sein herzliches Lächeln in sich hineinfließen.

Sie tauschten die obligatorischen Fragen aus: „Woher kommst du? Wohin gehst du?". Die universale Formel der indonesischen Kultur. Wo so weit verzweigte Völker abertausende Inseln bevölkerten, konnte es überlebenswichtig sein, am richtigen Ort zur richtigen Zeit die richtige Antwort zu geben.

„Ich wusste, dass wir uns wiedersehen würden", stellte er zufrieden fest. Sie lächelte und hatte keinen Zweifel, dass er recht hatte. Sie hatte ihn nur einmal gesehen, doch sie fühlte sich zu ihm hingezogen wie zu einem alten Freund. „Hast du gefunden, was du gesucht hast, Herlina?"

Mit dem Namen angesprochen zu werden, erstaunte sie allerdings. Sie blickte in seine gütigen Augen. Das goldene Leuchten darin erschien ihr jetzt viel milder als im Flieger. „Ich denke schon, ja."

„Wollen wir uns setzen?" Er zeigte auf eine Bank, die zum Meer hin ausgerichtet war. „Du wirst dich vielleicht fragen, woher ich dich so gut kenne", begann er, als sie Platz genommen hatten. „Ich habe eigentlich eine Abneigung gegen diese gemischten Ehen. Und weißt du, warum? Weil mein Sohn darunter leiden musste, dass seine Geliebte sich für einen *Bule* entschieden und mit ihm eine Familie gegründet hatte. Das war mir nicht recht."

Er verstummte und schaute auf das Meer. Herlina hatte das Gefühl, dass er ihr irgendetwas Wichtiges sagen würde, und verhielt sich ebenfalls still. „Wusstest du, dass dies der Ort ist, wo sich Bebe und Hector immer getroffen haben? Hier auf dieser Bank saßen sie und schmiedeten Pläne für die Zukunft."

Herlinas Herz pochte bis zum Hals. Ihr Mund war trocken wie die staubige Sandpiste. Die Zunge war schwer, als sie hervorbrachte: „Dann bist du ... dann hast du ...?"

Buala nickte. „Ja, ich habe sie gefunden, Herlina." Er schaute sie jetzt aufmerksam an und seine Augen schimmerten. Herlina schluckte. Sie spürte, dass wieder eine Flut von Tränen anschwoll, doch sie wollte jetzt stark bleiben, um nichts von dem zu verpassen, was er ihr gleich sagen würde.

„Als ich dich im Flieger sah, habe ich dich gleich erkannt, doch ich wollte es nicht wahrhaben. Der Schmerz ... so viel Leid. Du siehst ihr sehr ähnlich, Herlina."

„Aber", sie räusperte sich und setzte erneut zu ihrer Frage an: „Wie sah sie denn aus? War sie ... war sie sehr ... zerschunden?"

Buala beobachtete zwei Möwen, die sich um irgendetwas zankten und dabei so durchdringend kreischten wie eine rotierende Kreissäge. Als Herlina schon glaubte, er habe sie nicht verstanden oder die Frage vergessen, antwortete er, den Blick weiter auf das spiegelglatte Meer gerichtet.

„Ihre innere Schönheit hatte sie nicht verloren, Herlina. Trotz der Qualen, die sie hatte durchmachen müssen, habe ich eine schöne Frau gefunden. Sie war ertrunken, aber ihr Gesicht blieb unversehrt. Sie sah friedlich aus. Ich wünschte, das Schicksal hätte es anders gewollt und sie leben lassen."

„Denkst du, sie musste sehr leiden?"

„Es ging wohl sehr schnell, Herlina. Wenn man so will, hat sie Glück gehabt, dass die Welle so schnell kam und sie sogar wieder zurückgebracht hat. Wäre sie in Banda Aceh gewesen ..."

Er ließ den Satz unbeantwortet und legte ihr den Arm um die Schulter, drückte sie sanft und nahm den Arm wieder weg. Herlina wusste, dass er damit auf die Opfer anspielte, die niemals gefunden worden waren.

„Du leidest bis heute darunter, dass du sie verloren hast. Und doch wirst du sie niemals verlieren, denn sie ist in dir. In deiner Erinnerung, in deinem Herzen und in dir selbst. Sie lebt in dir. Es mag dir schwerfallen, etwas Gutes in ihrem Tod zu sehen, Herlina", fuhr er fort, „doch ich denke, dass sie dir damit ein Zeichen geschickt hat."

„Ein Zeichen?"

„Weißt du, warum Bebe Hector damals verlassen hat?", wechselte er abrupt das Thema.

„Äh ... nein?"

Sie drehte sich so, dass sie in sein Gesicht schauen konnte.

„Bebe hat sich für ein Leben entschieden, von dem sie glaubte, es sei ihr Lebenstraum. Sie wollte frei sein und mit einem Mann aus einer anderen Welt ein Leben führen, wie sie es als Sängerin besungen hatte. Und doch war es nur ein gekaufter Traum. Eine geborgte Idee. Es war nicht das Leben, das sie wirklich leben, sondern ein Ideal, dem sie entsprechen wollte."

Wieder schaute er auf den Grund von Herlinas Seele. „Du hast die Wahl, Herlina. Lebst du deinen Traum oder träumst du dein Leben? Ist das Leben, von dem du glaubst, dass du es führen willst, dein eigener Traum oder der deiner Mutter?"

Herlina öffnete die Lippen, brachte aber kein Wort hervor.

„Höre auf dein Herz, Herlina! In dir selbst ist eine starke Energie, aber wenn du sie nicht nutzt, löst sie sich auf. Nutze die Energie, die du für das Leid gepachtet hast und verwandle sie in Lebensenergie. Lass dich nicht vom Leid beherrschen, denn dann verlierst du sie. Beherrsche die Energie, die in dir steckt!"

Unvermittelt stand er auf. Herlina blinzelte verwirrt. Es kam ihr vor, als sei sie aus einem Traum erwacht. Sie wollte den alten Mann am liebsten umarmen.

„Höre auf dein Herz!", wiederholte Buala. Sein Lächeln berührte ihre verwirrte Seele und brachte damit den aufgeregten Vogel darin zur Ruhe. Er führte die rechte Hand zum Herzen, verbeugte sich und ging davon.

Herlina blieb auf der Bank sitzen und sah ihm nach, wie er davonschritt und die Sonne ihn von hinten anstrahlte, sodass er zu leuchten schien.

Herlina zog die Beine hoch und umschlang sie mit den Armen. Sie hielt sich fest und wartete auf die Tränen. Stattdessen überfiel sie eine vollkommene Ruhe. Sie blendete alle Geräusche um sich herum aus. Sie lauschte nicht auf die sanften Wellen, hörte nicht die kreischenden Vögel über ihr und bemerkte auch nicht das geschäftige Treiben der Stadt.

Mit einem Mal streckte sie alle Glieder wie eine Katze von sich und gab sich mit ruhigem Atem der inneren

Kraft hin, die in ihr aufstieg. Wie ein gleißend heller, goldener Strahl durchfuhr sie die Erkenntnis, dass ihre innere Friedenstaube nun frei war. Unwillkürlich musste sie lächeln.

34 Friede

Herlina grub ihre Nase in Bebes langes Haar, eingehüllt in eine Frangipaniwolke. Sie ließ die Finger durch das Haar gleiten, es floss weich herab wie ein kostbares Tuch aus roher Seide. *„Mom, Mom"*, murmelte sie.

Herlina fasste Bebes Gesicht mit beiden Händen, schaute sie kopfschüttelnd an wie einen Geist und drängte sich wieder an sie. Bebes Arme waren der Eingang zu einer anderen Welt. Herlina drückte sich fest an ihre Mutter. Sie hielten einander so lange engumschlungen, bis ein dröhnendes Hupen sie wieder an die Zeit erinnerte.

Bebe machte sich vorsichtig los und stieg eine steile Treppe hinauf auf ein großes Passagierschiff, so überdimensioniert wie die Titanic. Oben angekommen, drehte Bebe sich um und winkte Herlina mit einem weißen Taschentuch zu. Möwen kreischten um sie herum, Konfetti tanzte auf dem Meer. Bebes Haare flatterten wie Schmetterlinge im Wind. Sie winkte so lange, bis Herlina sie nur noch als bunten Fleck am Horizont erkennen konnte.

Herlina öffnete die Augen. An der Wand klebte eine Postkarte: „Die große Welle vor Kanagawa", der japanische Farbholzschnitt mit seiner gigantischen Tsunamiwelle. Darauf wirkt das Wasser höllisch schwarz. Die Zeichnung zeigt steil auftürmende Wellen auf offenem Meer und so gewaltig stellten sie sich den Tsunami von Zweitausendvier vor. Die schneeweißen Schaumflöckchen auf den Spitzen verliehen der monströsen Welle etwas Friedliches.

Herlina malte sich aus, ihre Mutter würde von der Welle sanft empfangen, eingeatmet und nun hoch oben auf der höchsten Welle schweben, dort, wo man die ganze Welt beobachten konnte. Darauf würde sie forttreiben, fort und immer weiter, bis am Ende der Welt die Welle brach – und dabei doch ganz nah bei ihr bleiben.

Nie würde Herlina den sechsundzwanzigsten Dezember Zweitausendvier vergessen. Sie stand am Flughafen in Berlin-Tegel, wo sie über Doha und Medan nach Indonesien reisen wollte, um ihre Mutter zu treffen. Das Telefon klingelte. Es war Gila. In wenigen Worten berichtete sie mit eiskalter Stimme, die den Schock noch nicht verarbeitet hatte, von einem schrecklichen Tsunami, der Banda Aceh getroffen hatte. Gila selbst war an dem Tag in Medan gewesen, doch Bebe war auf der Insel Damai, keine dreißig Kilometer von Banda Aceh entfernt. Herlina eilte zum nächsten Fernseher und war schockiert von den Bildern in den Nachrichten. Ein Unterwasser-Erdbeben der Stärke 9,8 auf der Richterskala hatte gewaltige Eruptionen und eine unvorstellbar hohe Welle verursacht, die an den Ufern von Banda Aceh in Indonesien, Phuket in Thailand, Malaysia, Myanmar, Bangladesch, Indien,

Singapur, Sri Lanka, Malediven, bis zu den afrikanischen Küsten in Kenia, Somalia, Tansania und den Seychellen zerschmettert wurde. Zu diesem Zeitpunkt konnte noch niemand die massiven Turbulenzen und Zerstörungen, die dieser Tsunami verursacht hatte, einschätzen. Doch Gila wusste bereits, dass Banda Aceh fast ausgelöscht worden war. Herlina musste sich auf das Schlimmste gefasst machen.

Während des Fluges konnte sie nicht essen, nicht trinken, nicht schlafen. Sie schaute einen Film nach dem anderen, wusste nach dem zweiten schon nicht mehr, was sie davor gesehen hatte. Doch sie konnte den quälenden Gedanken nicht betäuben: war ihre Mutter in Sicherheit?

Als sie zwei Tage später endlich in Banda Aceh ankam, waren die ländlichen Straßen bereits voll mit Binnenvertriebenen, die nach Rettung und Unterkunft suchten. Auf dem Weg in die verwüstete Stadt erhielt Herlina die Nachricht, dass Bebe verschwunden war. Es gab keinen Weg zur Insel Damai, da nicht nur die Fähre, sondern der ganze Hafen ausradiert worden war. Angesichts all der verzweifelten Menschen und der unvorstellbaren Verwüstung durch den Tsunami realisierte sie, dass es Tausende von Menschen in Not gab.

Über den Resten der Stadt hing ein beißender Verwesungsgeruch. Unzählige Leichen lagen noch immer unter den Trümmern begraben. Herlina traf eine spontane Entscheidung. Da Tante Gila an einem Friedensprojekt arbeitete, war sie von der indonesischen Regierung legitimiert. Die Idee war, das Regierungsgebäude in Banda Aceh zu erreichen, um ihnen Hilfe anzubieten. Irgendwie schaffte sie es durch die zerstörte Umgebung. Sie kam kurz nach der Einrichtung einer temporären Regierungszentrale im Regierungsgebäude an. Plötzlich fand sich Herlina dabei wieder, Geld an mehrere Nichtregierungsorganisationen und Vertreter des Roten Kreuzes sowie an andere Nothilfeorganisationen zu verteilen und das Telefon des UN-Notrufs abzuheben. Verzweifelte Verwandte weinten am Telefon über den Verlust ihrer Familie und ihrer Lieben. Herlina musste deren Tragödie organisieren, im Hinterkopf die pochende Ungewissheit, ob eines Tages der Name ihrer Mutter auf den Todeslisten erscheinen könnte.

Der laute Raum voller Hilfsorganisationen und Armeepersonal wirkte, als würde sie im Militärhauptquartier arbeiten. Nachdem sie drei Wochen lang diesen Job gemacht hatte, rief ein UN-Beamter an und wollte wissen, wer sie war. Er fand heraus, dass Herlina nicht offiziell eingestellt war und bat sie, ihren Lebenslauf einzureichen. Das tat sie auch und er vermittelte sie an eine deutsche Hilfsorganisation, die sie sofort als Übersetzerin und Presseverantwortliche einsetzte.

Während dieser dramatischen Wochen schlief sie in einer Notunterkunft am anderen Ende der Stadt, wo noch einige unzerstörte Häuser standen. Eines Tages kam sie ins Gespräch mit einem Fahrradrikscha-Fahrer, dessen halbe Familie verschollen war. Sie sprachen darüber, dass der Tsunami den Friedensprozess beschleunigt habe.

Die Provinz an der Nordspitze der Insel Sumatra war schlecht vorbereitet gewesen als die Katastrophe geschah. Die Menschen lebten bereits in Trümmern, in Armut und mit kaum funktionierender Infrastruktur nach fast drei Jahrzehnten des Konflikts. Die Rebellen in Aceh hatten jahrelang gegen die Zentralregierung für einen unabhängigen Staat gekämpft. In dem Konflikt starben mindestens fünfzehntausend Menschen, während das starke Militär das Gebiet von der Außenwelt isolierte.

"Wir hatten keine Freiheit und lebten während des Konflikts in Angst", sagte Ridwan aus der Fischergemeinde Meulaboh, die eine der am stärksten von der Flutwelle betroffenen Regionen war. "Es ist schrecklich zu sagen, dass der Tsunami ein Glück im Unglück war, aber wahrscheinlich war er es", fügte der Fahrer hinzu, der wie viele Indonesier nur einen Namen trug.

Schließlich brachte die Tragödie die Rebellen und Jakarta dazu, ein Friedensabkommen abzuschließen, das bis heute Bestand hat. Trotz des infernalischen Chaos waren daraus zarte Pflänzchen des Friedens gewachsen, der Vereinigung und einer neuen Identität. Auf seine Weise hatte der Tsunami auch Segen gebracht: Wohlstand und Sicherheit für manche, die alles verloren hatten. Die Katastrophe hatte eine enorme globale Hilfs- und Wiederaufbauproduktion ausgelöst, die in Aceh erfolgreich war. Manche sprachen auch von einem zweiten Tsunami der Hilfsgelder.

Herlina nahm ihr Mobiltelefon in die Hand, das sie seit Tagen ignoriert hatte, und schaltete es ein. Sofort piepste und vibrierte es und verkündete verpasste Anrufe und zwölf neue Nachrichten, sieben davon von Daniel. Ein trauriges Lächeln huschte über Herlinas Gesicht. Sie würde darauf jetzt nicht reagieren. Schließlich, sagte sie sich mit einem Schulterzucken, gab es Schlimmeres. Drei waren von Gila. Die würde sie vielleicht später lesen. Die letzten beiden waren von Julika und Catherine.

Sie klickte auf Julika. Beim Lesen der Zeilen runzelte sie die Stirn und stülpte die Unterlippe vor. Der Verlagsleiter ließ anfragen, ob sie nicht wieder zurückkommen möchte, jetzt, wo Ted Bullrich nicht mehr da sei. Herlina riss den Mund auf. Herlina überflog die Zeilen und fasste sich mit der Hand ans Herz ... das hatte er nun wirklich nicht verdient.

Schließlich las Herlina die Nachricht von Catherine. Diese war voll des Lobes über Herlinas Artikel. Die Behörden, so berichtete Catherine, hatten nach Veröffentlichung den *Bupati* suspendiert und eine offizielle Untersuchung der Vorgänge gestartet. Nachdem Herlina mit ihrem Artikel dazu beigetragen hatte, das Korruptionsnest auszuräuchern, war es Catherine gelungen, den Vorstand davon zu überzeugen, Herlina wieder einzustellen: „Hey Goldgräberin, hast du Lust auf einen neuen Job? Der Vorstand bietet dir eine feste Stelle im *Nature Magazine* an!"

Sie verließ das Guest House und ließ sich von dem ersten *Bejak*-Fahrer, der ihr entgegenkam, ohne große Preisverhandlung chauffieren. Als sie an der Stelle ankam, die Buala ihr beschrieben hatte, stieg sie aus und ging hinunter zum Strand. Neben der Ruine des Wohnhauses erkannte Herlina eine verfallene Mauer mit einem nutzlosen Dach darüber. Zärtlich strich sie über das verwitterte Wellblech.

Herlina sammelte Kraft. Der Kopf wurde leer. Gedanken flogen fort. Ruhe kehrte ein. Und dann erkannte Herlina das Zeichen. Es wuchs in ihr. Bebe wuchs in ihr. Sie spürte die Energie in ihrem Herzen, im

Wind, im Sand unter ihren Füßen, an den Sonnenstrahlen, die sie zärtlich an der Nase stupsten. Die Vögel flatterten befreit auf, als wären sie mit Herlina jahrelang in ihrem engen Herzen eingezwängt gewesen.

Bebe war überall, wohin Herlina ihre Aufmerksamkeit richtete. Sie war in jedem einzelnen Tropfen des Meeres.

Erfüllt setzte Herlina sich in den Sand und schaute auf das Meer. Es lag friedlich vor ihr.

Herzlichen Dank an

Michaela Keller, die den Roman von Anfang an begleitete, noch bevor ich überhaupt wusste, dass ich einen Roman schreibe.

Felix Schnetzer, der ein paar Steine verschob, die Geschichte zum Fließen – und durch seine gründliche Redaktion zum Glänzen brachte.

Nicola Breunig für die Unterstützung in *Bahasa Indonesia*.

Herlina Zebua-Laude, sie half mir, die passenden Namen zu finden und borgte mir einige aus ihrer Familie.

Verena Cremer, durch ihre Hilfe bekam der Roman ein Gesicht.

Ilda Clos und Olaf Schönsee, die mich technisch-hydrologisch beraten haben.

Robert Laude für die richtigen Worte zur richtigen Zeit.

Sonya Wallenta, für das Teilen ihrer Erfahrungen bei der Nothilfe in Banda Aceh und den Privatunterricht im *Rendang* kochen.

Hanne Landbeck, durch sie entdeckte ich die Quelle der Inspiration zum Roman.

Nadin Beuthien für das Testlesen.

Ein großes Dankeschön an alle, die an mich und die Geschichte geglaubt haben, und mich ermunterten, dranzubleiben.

Unendlich dankbar bin ich meinen Geschwistern. Ihr seid immer für mich da.

Ganz besonderer Dank gilt meinem Liebsten, Silvio Arndt: ohne Dich wäre mein Leben nur eine leere Seite.

Glossar

Abang = älterer Bruder, auch Anrede für ältere Freunde/Bekannte

Adik = Jüngeres Geschwister; kleine Schwester/kleiner Bruder

Apa kapar? = Wie geht es dir?

bejak = motorisiertes Dreiradtaxi

belum = noch nicht

berair = wörtl. wässrig, je nach Kontext auch „mit Wasser gefüllt"

bule = wörtl. Albino, Mensch mit weißer Hautfarbe; häufig auch verächtlich angewandt

Bule Setengah, Halbindonesier (europäisch-indonesischer Herkunft)

Bupati = regionaler Bezirksverwalter, ähnlich einem Oberbürgermeister

cantik = hübsch (geläufig als Kosewort i.S.v. Hübsche, Süsse)

cium-cium = Küsschen

Dalang = der Puppenspieler, der als Solist das Publikum unterhält. Der wahre Star des Schattenspiels Wayang Kulit; genießt Respekt und Ehrfurcht.

damai = Friede

Dari mana? Kemana? Woher kommst du? Wohin gehst du.

Dimana = wo; im Sinne von wo ist er/sie?

Expat, Kurzform von engl. Expatriate = Fachkraft/Manager im Auslandseinsatz

gila = verrückt, ausgeflippt

Ibu = höfliche Anrede für ältere Frauen; Dame

Jam Karet = wörtl. „Gummizeit"; Euphemismus für Unpünktlichkeit

Kakak = große Schwester, auch Anrede unter Freundinnen

Konek, das Zauberwort für den Aufstieg, abgeleitet aus dem Englischen Connection

korupsi = Korruption

Nasi Goreng = gebratener Reis (Nasi=Reis, goreng=gebraten)

Pak = höfliche Anrede für ältere Männer; Herr (Anrede)

Keponakanku = meine Nichte/mein Neffe (Ponakan ist Umgangssprache)

pulau = Insel

Rendang = indonesisches Gulasch aus Rindfleisch und Gewürzen, eingekocht in Kokosmilch

sarong = traditionell gefärbtes großes Tuch; kann als Rock, Umhang, Decke etc. genutzt werden.

Sayang = Liebling

Siraman = Wasserguss; auch das zeremonielle Bad, welches Bräute vor der Hochzeit bekommen

Tankeku = Mix aus deutsch-indonesisch: meine Tante

Tolong = Hilfe!

Warung = Garküche am Straßenrand

Wayang Kulit = Indonesiens berühmtes Schattenspiel „Schatten aus Leder"; wird allabendlich in Yogyakarta, der Geburtsstätte dieses Spektakels, in mehrstündigen Stücken aufgeführt. Zahllose, feingliedrige Puppen spielen auf zahlreichen Bühnen im Land, um Volksepen und Märchen aufzuführen.

Rezept für Rendang, das beliebte indonesische Gulasch

Zubereitungszeit ca. 5 Stunden

Zutaten für 4 Personen:

1 kg Rindfleisch ohne Fett und Muskeln, dick geschnitten, wenn es zu klein ist, wird es während des Kochvorgangs zu fest und trocken (ca. 2 cm x 3 cm x 6 cm).
500 Gramm kleine Kartoffeln (gut waschen, mit der Gabelspitze kleine Löcher in die Kartoffeln stoßen)
2,5 Liter Kokosnussmilch
Salz nach Belieben
1 Esslöffel Tamarinde (in 3 Esslöffel Wasser einweichen, die Kerne entfernen)
100 Gramm rote Chilischoten, abhängig von Ihrem Geschmack (Ersatz: Namya Curry Paste).
3 cm Galgant
2 cm Kurkuma
4 cm Ingwer
10 Schalotten
10 Knoblauchzehen
3 Esslöffel gemahlener Koriander
Eine Prise gemahlene Muskatnuss (optional)
Etwas Bratöl

Gewürzblätter:
1 Kurkuma-Blatt (optional)
4 Blätter Kaffir-Limette
2 Stängel Zitronengras, zerquetscht

Zubereitung:

Rote Chilischoten, Galgant, Kurkuma, Ingwer, Schalotte und Knoblauch in die Küchenmaschine geben und zu einem glatten Püree rühren, dieses Püree in den Wok geben, dazu gemahlenen Koriander und Muskatnuss. Dann fügen Sie auch die Gewürzblätter hinzu. Zum Schluss die Kokosmilch zugeben, gut umrühren und bei starker Hitze garen, dabei ständig rühren, damit die Kokosmilchmischung sämig bleibt. Sobald die Sauce aufgekocht ist, die Hitze auf mittleres Niveau reduzieren und gelegentlich umrühren, um sicherzustellen, dass die Sauce nicht im Wok festklebt. Setzen Sie diesen Vorgang fort, bis die Menge der Sauce um mehr als 30% reduziert ist oder bis die Sauce Öl produziert und die Farbe der Sauce sich geändert hat und keine "milchige" Farbe mehr hat.
Dieser Vorgang kann zwei Stunden oder mehr dauern. Dann das Rindfleisch in die Sauce geben und die gleiche Hitze beibehalten, bis die Sauce wieder eingekocht ist, dann für eine halbe Stunde weiterkochen, dann Kartoffeln sowie Salz und Tamarindenwasser nach Geschmack hinzufügen. Nach 10 Minuten die Hitze auf mittlere Stufe reduzieren und gelegentlich umrühren. Diesen Vorgang so lange fortsetzen, bis die Sauce reduziert ist und die Sauce dicker wird. Dieser Vorgang kann mindestens 2 Stunden dauern.

Wichtig:

Achten Sie darauf, dass die Sauce nicht am Wok festklebt, ansonsten verbrennt die Sauce, was den Geruch und den Geschmack des Rendangs verändert. Deshalb immer darauf achten, regelmäßig zu rühren. Das Fleisch beim Köcheln immer bedeckt halten.

Reis im Reiskocher zubereiten.

Köcheln lassen, bis das Fleisch und die Kartoffeln weich sind.

Selamat Makan!

Hat Ihnen das Buch gefallen? Empfehlen Sie es weiter!

Weitere Informationen über Andie Arndt, die nächsten Termine und Veröffentlichungen finden Sie unter:

andiearndt.com